Flammes d'automne

Janet Dailey

HARLEQUIN S.A.
48, avenue Victor Hugo. Paris XVIe

Cet ouvrage a été publié en langue anglaise sous le titre

FIRE AND ICE

ISBN 2-86259-082-7
ISSN 0182-3531

HARLEQUIN... VOUS CONNAISSEZ ?

★ Vous avez toujours sous les yeux le même décor familier, le même paysage trop connu, et vous rêvez de mers coralliennes, de jardins fabuleux, de grands voiliers ailés, de châteaux féeriques...

Alors, vous lisez HARLEQUIN !

★ Vous faites sans cesse les mêmes gestes monotones, recommencés à satiété, et vous avez envie souvent de devenir une autre, de jouer un rôle différent, de prendre un visage nouveau...

Alors, vous lisez HARLEQUIN !

★ Vous aimez l'amour, et peut-être vous comble-t-il ou bien peut-être vous a-t-il déçue. Comblée, vous ne vous lassez pas d'en entendre parler. Déçue, vous voulez croire encore à sa réalité...

Alors, vous lisez HARLEQUIN !

★ Au fil de chaque roman HARLEQUIN, vous oubliez le quotidien, vous abordez des terres inconnues, vous rencontrez des personnages dont les sentiments, les passions demeureront inoubliables...

Alors, vous lisez HARLEQUIN !

1

— Avec le visage et le corps que tu as, tu n'aurais aucun mal à décrocher un mari. Dommage que tu sois si froide.

Le jeune homme se laissa aller dans sa chaise longue au bord de la piscine d'un des hôtels les plus chics de Las Vegas. Il inspira longuement la fumée de sa cigarette et examina le corps doré de la jeune fille qui, près de lui, prenait un bain de soleil.

— Et tu oublies mon argent, Michael... D'autre part, je n'ai pas toujours été froide. J'ai mis des années à me rendre compte des multiples avantages de cette attitude.

Il frôla du regard les chevilles fines, les jambes longues et minces, le maillot de bain deux pièces d'un vert acide, qui accentuait la taille svelte et le doux renflement des seins. Finalement il s'arrêta au visage, d'une perfection toute grecque, encadré de cheveux naturellement blonds. Il fit entendre un petit rire. La jeune fille ouvrit un œil intrigué.

— Ma pauvre Alisa! Haïr les hommes à ce point et se trouver dans l'obligation d'en épouser un...

— Je ne vois rien de drôle là dedans! s'exclama Alisa Franklin en colère, tout en changeant de position pour atteindre son porte-cigarettes d'or sur la table près de Michael.

— Oh! Je parie que si. Tu dois bien voir l'humour retors de ce bras sortant de la tombe, surtout si tu penses que ta mère est à l'origine de tout cela...

— Ma mère était une personne terriblement vieux jeu qui croyait qu'une femme n'est jamais complète sans homme!.

— Et qui se maria cinq fois pour mieux le prouver! s'exclama Michael avec un rire franc.

Il allongea de nouveau son corps mince, vêtu seulement d'un short de bain noir.

— Elle était idiote! pesta Alisa. Une femme sans volonté qui s'accrochait aux basques de tous les hommes, une sotte geignarde avec son parfum de lavande et ses mouchoirs brodés. Elle savait à quel point je haïssais les étés que j'ai dû passer avec Roy et Marguerite... Pourtant elle a été assez stupide pour se laisser influencer par leurs pleurnicheries et déclarer dans son testament que c'était à eux que revenait la garde de Christine!

— Sans oublier la fortune qui accompagne cette clause...

— Je n'attache aucune espèce d'importance à l'argent, et tu le sais. L'héritage de mon père me suffit très largement, c'est pourquoi ma mère a laissé presque toute sa fortune personnelle à Christine. La pauvre petite n'en verra jamais la trace, avec des tuteurs comme Marguerite et Roy. Tu aurais dû voir son pauvre petit visage quand je l'ai quittée hier là-bas! Bon sang! Que vais-je faire?

— Je ne comprends vraiment pas pourquoi tu te tourmentes ainsi, se moqua-t-il. Ta mère a indiqué très clairement dans son testament que *si* tu étais mariée, tu aurais la garde de Christine. Tu n'as plus qu'à épouser un type quelconque.

Elle avait grande envie de crier « Jamais! » mais le souvenir du triste regard de Christine ne la quittait pas.

Cette attitude était impossible. Elle alluma une autre cigarette.

— Et cette clause stipule que je dois vivre avec mon mari pendant au moins un an! Si seulement tu n'étais pas mon cousin, tu pourrais régler tous mes problèmes. Dans l'état actuel des choses, je serais incapable de citer un homme avec qui j'aimerais passer une soirée, alors une année...

— Tu me supportes uniquement parce que je ne te flatte pas comme tous les autres. Je t'ai connue quand tu avais ton appareil à redresser les dents; tu étais alors plus maigre qu'une sauterelle. Tu me suivais à la trace comme un petit chien. je suppose que ton cynisme m'amuse, tout autant que ton argent.

— N'essaie pas de te moquer de moi, Michael, rétorqua Alisa d'une voix dangereusement calme. Tu n'as que vingt-six ans, seulement deux de plus que moi. Tu es un compagnon sortable, et même parfois amusant, mais avant tout, tu ne me fais pas subir ces attouchements dégradants...

— La fille de glace n'a t-elle pas pour moi la moindre affection, de cousine à cousin? Peut-être devrais-tu chercher un mari. Il pourrait se montrer plus digne de ton attention. J'aimerais te voir mariée à quelque tyran domestique qui te battrait deux fois par jour...

— Garde ton sourire suffisant; jamais je n'épouserai quelqu'un que je ne serais pas capable de dominer!

Alisa se leva et rejeta en arrière ses longs cheveux d'or pâle avant d'enfiler sa robe de plage brodée.

— As-tu réservé une table pour la revue parisienne de ce soir comme je te l'avais demandé? Ou bien as-tu dépensé l'argent aux jeux comme c'est ton habitude depuis notre arrivée à Las Vegas?

— Non, j'ai suivi les ordres de Votre Altesse, et j'ai donné un pourboire supplémentaire pour nous assurer une bonne place.

Il se leva lui aussi. Son long corps svelte ne dépassait

celui de sa cousine que de 6 ou 7 cm. Comme Alisa s'apprêtait à partir, Michael lui demanda :

— Que vas-tu faire, pour Christine?

— Trouver un mari. Ce devra être un type bien, de bonne famille. Je ne vais pas épouser un quelconque coureur de dot pour subir les plaisanteries habituelles en pareil cas. Pas question, même pour ma sœur!

Alisa n'attendit pas la réaction de Michael; elle s'éloigna le long de la piscine, dédaigneuse des remarques et des regards suggestifs qui saluaient son passage. Son ignorance totale de ces marques d'intérêt masculin ne faisait évidemment que l'attiser, mais l'indifférence d'Alisa était sincère. Sa seule réaction était de répulsion. Elle se sentait salie par cette convoitise.

Lorsqu'elle se fut immergée dans la baignoire de marbre remplie d'une eau parfumée, alors elle se sentit libérée des traces écœurantes des regards lubriques. Drapée dans une sortie de bain blanche elle s'installa devant la coiffeuse, regardant d'un air absent son reflet dans le miroir. Elle était habituée à la perfection de cette image. Il lui était arrivé autrefois de souhaiter être née sans attraits, mais cette disposition d'esprit n'avait pas duré. Son amour de la beauté se serait bien accommodé d'en manquer pour elle-même, mais elle réalisa rapidement et avec raison que, si elle n'avait pas été jolie, elle eût sans doute été dotée d'une nature sottement sentimentale, comme tant de jeunes filles qu'elle connaissait.

Elle-même était définitivement débarrassée de ces préoccupations ridicules, enterrées avec l'appareil dentaire et l'allure de sauterelle. Avec un sourire amer, Alisa se rendit compte de toute la gratitude qu'elle devait à sa mère. Celle-ci avait divorcé de son père, son premier mari, seulement trois ans après sa naissance. Deux ans après, alors qu'elle allait avoir cinq ans, il était tué dans un accident de voiture. Elle s'était accrochée à son souvenir avec puérilité, le dotant de toutes les qualités du père idéal. Mais le défilé des hommes dans la vie de sa mère avait vite eu raison de sa fidélité à cette image. Il avait semblé à Alisa qu'elle était sans cesse expédiée chez Tante Marguerite et Oncle Roy afin de laisser la voie libre pour une autre lune de miel ou un autre divorce.

L'été de ses quinze ans avait été le plus traumatisant de tous. Son troisième beau-père, un homme riche comme l'étaient tous les maris de sa mère, portait un intérêt croissant à Alisa, dont le corps élancé de jeune éphèbe commençait à montrer de délicieuses rondeurs. Le fameux appareil dentaire avait été ôté. Pendant un mois la toute jeune fille s'était épanouie dans la chaleur des attentions flatteuses de son beau-père. Ils avaient fait de la voile ensemble presque chaque jour. Sa mère ne tenait pas à les accompagner, préférant la solidité du rivage. C'est au cours d'une de ces expéditions qu'Alisa s'était aperçue d'un changement chez son compagnon.

La journée était belle, merveilleusement ensoleillée, propice aux heures de paresse sur le pont. La brise était tombée, les voiles étaient immobiles sous les chauds rayons du soleil. Alisa s'était étendue, dans son petit maillot deux pièces de l'année précédente, qui couvrait incomplètement ses toutes nouvelles formes. Son beau-père s'était soudain approché d'elle, s'arrêtant tout près pour la contempler de sa haute taille. Elle se rappelait son regard, et la curieuse lueur qui l'avait intriguée. Elle avait alors ressenti une étrange peur à la pensée qu'ils étaient seuls sur le bateau, à plus de trois kilomètres du rivage. La main en visière au-dessus de ses yeux, elle remarqua pour la première fois les rides de noceur autour de la bouche, l'estomac proéminent au-dessus du short de bain. Il avait à la main l'éternelle bouteille de bière.

Il s'était agenouillé auprès d'elle, les yeux sur le léger vallonnement de ses jeunes seins, puis sur les cheveux d'or pâle noués en chignon.

— Dénoue tes cheveux, Alisa, avait-il ordonné d'une voix épaisse.

Elle obéit, les doigts tremblants. Dès que sa chevelure s'était répandue sur ses épaules, son beau-père s'en était saisi. Consciente du côté malsain de la scène, Alisa avait tenté de se relever, mais il l'avait clouée au pont, et, comme elle essayait de lui échapper, elle avait senti les vapeurs d'alcool de son haleine lourde.

— Que dirais-tu d'un petit baiser pour beau-papa?

Avec des cris, des coups de pieds, de griffes, Alisa essayait de le repousser, mais sans succès. Il avait finalement réussi à couvrir sa bouche de la sienne. Le souvenir de la répulsion et du dégoût de ces lèvres se promenant sur son visage était aussi vivace aujourd'hui que cet après-midi là où elle était enfin parvenue à se libérer et à plonger du voilier. Heureusement elle avait pu héler un bateau qui l'avait déposée sur le rivage. Elle avait raconté en sanglotant sa lamentable histoire à sa mère horrifiée.

Pas même le divorce de sa mère et son mariage, heureux cette fois, avec Dale Patterson, n'avaient pu effacer les événements de cette affreuse journée. Sa froide réserve avait commencé à s'ériger. Dans les dernières années de son adolescence, Alisa fut consciente de la jalousie que sa beauté éveillait parmi ses amies, consciente aussi de pouvoir facilement obtenir les garçons les plus recherchés. Mais ceux qui l'intéressaient étaient rares; et même ceux-là avaient tous droit au même sort : Alisa avait réalisé avec un dégoût croissant que les garçons ne l'invitaient pas pour le plaisir de sa conversation... Tout d'abord elle avait essayé de supporter les baisers rituels à la fin de chaque soirée, mais ses cavaliers s'attendaient toujours à obtenir davantage la fois suivante. Elle refusa peu à peu tout rendez-vous, détestant le sentiment d'obligation qui semblait devoir accompagner toute sortie. Elle déclina presque toutes les soirées et, lorsque cela lui était impossible, elle se faisait escorter par son cousin Michael.

Il ne lui restait dans la vie que deux centres d'intérêt : sa demi-sœur Christine et les tables de jeu de Las Vegas. Le jeu n'était pas pour elle une passion; lorsqu'elle gagnait, elle s'arrêtait. Si elle ne parvenait pas à gagner, elle s'arrêtait aussi. Tant que son héritage durerait, il y aurait toujours des lendemains. Mais Christine? Alisa soupira et commença de brosser pensivement ses cheveux. La question n'était pas de savoir si elle voulait avoir Christine près d'elle...

Chère, chère petite Christine, dont elle avait pris soin depuis qu'elle était bébé. Pour obtenir la garde de sa sœur, Alisa devait avoir un mari. solution incroyablement simple pour une jeune fille ayant sa beauté et sa fortune, mais quelle galère... En même temps des noms et des visages se présentaient à son esprit, mais elle les rejetait tous. Elle était certaine, si elle venait à en choisir un, de pouvoir l'amener jusqu'à l'autel. Mais elle détestait les plus acceptables qui étaient anxieux de pourvoir à tous ses désirs; de même elle craignait ceux qui tentaient de s'imposer à elle. Si seulement elle pouvait aller s'acheter un mari, pensa-t-elle avec un sourire, comme tout serait simple!

Il était absolument impossible à Alisa de concentrer son attention sur le spectacle, pourtant excellent. Il lui fallait trouver une solution à son problème. Quand Michael était passé la chercher, elle était déterminée à oublier ses soucis, et c'était avec grand soin qu'elle avait choisi sa robe, une robe longue en lamé argent de coupe chinoise, sans manches, col mandarin. Elle avait pris un châle de dentelle noire strié de fils d'argent; ses cheveux blond pâle étaient coiffés en bandeaux retenus en chignon sur la nuque.

Lorsqu'ils pénétrèrent dans l'enceinte du casino, Michael s'arrêta près des tables de dés, le regard allumé.

Pauvre Michael, pensa Alisa sans aucune indulgence, il a déjà englouti son héritage en moins d'un an, et pourtant il brûle d'en perdre encore davantage. Elle lui toucha légèrement le coude, et il la suivit à contrecœur à travers la foule.

Le brouhaha confus des joueurs heureux et des malchanceux se mêlait au tintinnabulement des appareils à sous et aux appels des croupiers. Des gens en tenue de soirée et d'autres en vêtements de ville formaient un mélange incongru sur fond de splendide moquette et sous la lumière des énormes lustres de cristal. Il semblait n'y avoir qu'un endroit où l'élite fût séparée du public moyen, et Alisa savait que son pas l'amènerait immanquablement à la table de baccarat, bien protégée.

Elle s'arrêta à la rampe de fer forgé qui isolait les joueurs de la salle du casino pleine de monde. Comme à chaque fois qu'elle s'apprêtait à participer à ce jeu de hasard en quelque sorte aristocratique, elle eut un serrement de gorge particulier. Michael se tenait près d'elle; silencieux, il surveillait son apparent détachement avec l'étonnement admiratif qui était toujours le sien à cet endroit de leur périple. Dans un petit moment elle se tournerait vers lui, et lui glisserait discrètement quelque argent pour qu'il puisse se rendre à ses tables de dés.

Alisa étudiait de ses grands yeux bleus sans expression la partie en cours et les joueurs. Son pouls s'accéléra lorsque son regard se posa sur un homme placé en bout de table.

Il avait des cheveux d'ébène qui brillaient sous le doux éclat du lustre. Une épaisse frange de cils noirs assombrissait ses yeux brun foncé qui paraissaient noirs également. Même à la distance où elle se trouvait, Alisa pouvait discerner l'intensité de son regard tandis qu'il étudiait les cartes devant lui. Ses pommettes hâlées saillaient dans son visage, créant une fausse impression de maigreur. Le nez, long et étroit, semblait aussi tranchant que le reste du personnage. Sa bouche avait une courbe cruelle.

Elle leva un sourcil, excitée. Deux personnes ne pouvaient être à ce point semblables. Une froide résolution prit possession d'elle, et elle se tourna vers son cousin.

— Que sais-tu sur l'homme assis à la gauche du croupier?

A la vue de l'homme en question, Michael reprit sa respiration afin de cacher sa surprise; et lorsqu'il se tourna vers Alisa, il fut également étonné de voir une lueur dans ses yeux.

— C'est Robin Stuart. Je ne l'ai pas vu à Las Vegas depuis la mort de son père. Il joue, ou en tout cas il jouait, gros jeu. Sa chance était stupéfiante, compte tenu surtout de son apparent détachement. Tu ferais bien de suivre sa ligne de jeu, Alisa.

— Son jeu m'est absolument indifférent. Mais je veux que tu me dises tout ce que tu sais sur lui.

— Et pourquoi?...

Mais le regard réfrigérant de sa cousine lui fit enchaîner :

— Tu en sais sans doute autant que moi. Tu as dû le voir une ou deux fois à l'une des soirées d'Elizabeth à San Francisco. Son père était un géant de l'import-export dans cette ville, qui touchait un peu aussi à l'immobilier et aux programmes de développement. Il a chuté il y a environ sept ans, après avoir investi des sommes trop importantes dans un de ces programmes qui a été abandonné après des glissements de terrrain. Des bruits coururent que l'accident qui provoqua sa mort cachait en fait un suicide, mais cela n'a jamais été prouvé. Robin — qui avait environ vingt-cinq ans alors — hérita de toutes les dettes; c'est à peu près à ce moment-là qu'il cessa de venir à Vegas. J'ai entendu dire que la seule chose qu'il ait pu réussir à sauver, à part la maison de sa mère à San Francisco, est une petite vigne à Napa Valley. Elle n'avait pas été exploitée depuis longtemps, ce qui signifie que les légers bénéfices qu'il a pu faire pendant ces dernières années ont été réinvestis dans la propriété.

— Il a l'air prêt à tout pour de l'argent...

— Ce n'est pas tout à fait cela. Disons qu'il sait ce qu'il veut...

— Est-il marié?

— Lui? Non. Tu lui trouves une tête à se marier? Pourtant, bien des femmes ont essayé...

Michael poursuivit avec un rire silencieux :

— Son opinion sur les femmes ressemble à la tienne sur les hommes. A cette différence près : il croit que les femmes ont été mises sur la terre dans le seul but de fournir à l'homme un defoulement sexuel. A mon avis rares sont les femmes qui lui refusent son plaisir.

Il regarda Alisa d'un air moqueur et remarqua son expression calculatrice. Il s'écria alors :

— Oh! non, Alisa, si tu penses à cela... il te faut l'oublier tout de suite. Voilà justement l'homme qui ne mordra pas à ton hameçon...

Pour une demi-seconde, la jeune fille craignit que Michael n'ait raison, mais elle repoussa vite cette pensée.

— Il remplit toutes les conditions : un nom respectable quoique quelque peu appauvri, et une bonne éducation. Ce n'est plus qu'une question de prix, mon cher Michael.

— Tu devrais te préoccuper de l'importance de la somme à sortir.

Mais Alisa ignora la dernière phrase de Michael et s'avança vers la corde qui la séparait des joueurs de baccarat, faisant un signe de tête à l'un des hommes qui l'escorta jusqu'à la table et l'aida à s'asseoir près de Robin Stuart.

D'autres joueurs lui lancèrent des regards appréciateurs, mais Robin Stuart ne se joignit pas à cet hommage. Elle se rendit compte de son indifférence et décida d'attirer subtilement son attention. Tout d'abord, elle attendit qu'il ait fait son annonce, puis, délibérément, elle misa contre lui. Il jouait très adroitement et la chance était avec lui. Cependant le tas de plaques grandissant devant lui ne semblait pas l'émouvoir, non plus que les annonces d Alisa. Finalement elle prit une cigarette, en tapa l'extrémité sur le bord de la table, puis la garda à la main d'un air absent tout en regardant le jeu. Mais lorsqu'il lui offrit courtoisement du feu, elle refusa et replaça la cigarette dans son étui. Quelques minutes plus tard, Alisa reprit la cigarette et, juste au moment où Robin Stuart sortait son briquet, elle se tourna vers un homme plus âgé assis de l'autre côté à qui elle demanda du feu. L'affront délibéré attira l'attention de Robin Stuart sur elle.

Quand il refusa la main, Alisa en fit autant. Comme elle s'adossait à sa chaise, elle vit le regard sombre qui l'observait. Elle se tourna afin de l'affronter de face, les yeux brillants du nouveau jeu qu'elle voulait mener.

— Voulez-vous prendre un verre avec moi? lui demanda-t-il d'une voix grave et bien modulée, mais avec un soupçon de condescendance, une lueur ironique dans les yeux.

— Je ne vous connais pas, répliqua Alisa froidement.

— Voilà un bien petit obstacle. Je suis Robin Stuart.

Il s'était levé, et Alisa se présenta à son tour.

— Alisa... Alisa Franklin.

Elle était apparemment calme, mais en elle montait une vague de triomphe, tandis qu'il l'aidait à se lever en tirant sa chaise. Sans s'inquiéter de ses préférences, il entreprit de la guider vers l'endroit le plus tranquille, le plus désert d'un des bars du casino. Elle se rendit compte qu'il était beaucoup plus grand qu'elle, et cela la gênait. Lorsqu'elle portait des talons, Alisa mesurait presque 1 m 80, ce qui la mettait sensiblement à hauteur d'yeux de ses partenaires habituels. Mais elle était très nettement dominée de Robin Stuart, dont la haute taille donnait aussi l'illusion de sveltesse. En fait il était très large d'épaules.

Il commanda deux dry martinis, à nouveau sans solliciter son avis, ce qui l'agaça. Avec quelqu'un d'autre et dans des circonstances différentes, Alisa aurait refusé le verre quand le garçon serait arrivé à la table, simplement pour affirmer son autorité. Mais au lieu de cela, elle refoula son envie de rébellion, et parvint à accepter de bonne grâce la boisson offerte. Dès qu'elle prit une cigarette, il sortit son briquet et la lui alluma, tout en lui demandant :

— Dites-moi, êtes-vous toujours ainsi?

— Que voulez-vous dire?

— Eh bien, au sujet de qui doit allumer votre cigarette... C'était une façon astucieuse et insultante à la fois d'attirer mon attention, et vous avez amplement réussi... Alisa Franklin. Il me semble avoir déjà entendu votre nom.

Il semblait amusé par sa ruse. Elle lui répondit simplement :

— C'est tout à fait possible. Ma mère, Eleanor Patterson, a été tuée dans un accident d'avion il y a un mois.

— Je vois qu'en effet vous êtes en grand deuil.

Le sarcasme la piqua au vif mais cette fois encore elle se contrôla.

— Je crois que j'ai moi aussi entendu parler de vous, Monsieur Stuart. Votre père n'était-il pas un personnage important à San Francisco avant... sa mort inopinée? Et maintenant vous avez un petit vignoble, je crois, à Napa Valley.

— Vous semblez en savoir long sur mon compte...

Alisa répondit avec une douceur empoisonnée :

— Simplement de petites choses, ici et là. Comment vont les affaires?

La flamme de la bougie souligna un rictus sardonique

sur le visage de Robin Stuart lorsqu'il se pencha vers elle.

— J'ai l'étrange impression que si je vous répondais : « bien », vous seriez déçue.

Il lui lança un regard malicieux tandis que, fugitivement, une expression de gêne passait dans les yeux d'Alisa.

— Vous semblez un peu trop distante pour vouloir m'accompagner à ma chambre... Je suggère que vous m'expliquiez exactement pourquoi vous avez consenti à prendre un verre avec moi.

— Vous avez tout à fait raison. Je déteste perdre mon temps en subtilités. En fait, j'ai une proposition à vous faire, Monsieur Stuart... Une proposition d'affaires.

Lorsqu'elle s'arrêta pour guetter sa réaction, il se recula dans l'ombre. Alisa tenta de réfréner son irritation grandissante, sans trop de succès. Son ton était quelque peu acéré lorsqu'elle reprit :

— Je crois comprendre que vous êtes un peu gêné financièrement en ce moment, et que vous auriez l'usage de quelque argent pour améliorer votre vignoble et vos cépages. Je suis disposée à vous le donner.

— Voilà qui est intéressant. Mais je ne puis m'empêcher de me demander pourquoi vous choisissez justement mon affaire pour investir. Sans doute espérez-vous de moi quelque chose en retour.

Ses joues se colorèrent à peine quand elle se redressa fièrement et déclara, avec toute la dignité dont elle était capable :

— J'ai besoin d'un mari.

Son vis-à-vis fit entendre un rire bref chargé de dérision.

— Il doit y avoir une foule d'hommes non ennemis du mariage qui seraient ravis d'épouser une jolie fille comme vous. Maintenant je me souviens d'avoir entendu votre nom associé à celui de Paul Andrews. Pourquoi pas lui?

Paul Andrews... Pendant quelques secondes, Alisa tenta de donner un visage à ce nom, avant que l'image d'un jeune homme fort et gentil, aux cheveux châtain clair presque blonds lui vienne à l'esprit.

— C'était un jeune idiot au cœur tendre qui me suivait comme un petit chien. Ses paumes étaient toujours moites, je m'en souviens.

— Savez-vous qu'il a tenté de se suicider lorsque vous lui avez demandé de vous laisser tranquille? Il y a environ un an, je crois.

— C'était un geste de faible, une preuve de mollesse. Apparemment, il a échoué là aussi... Mon mariage serait temporaire; c'est pourquoi je préfère épouser un étranger.

— Etes-vous enceinte?

— Bien sûr que non!

— C'est bien pourtant la raison habituelle pour laquelle les femmes sont obligées de se marier. Quel est votre motif?

— Ma demi-sœur Christine, qui a sept ans, répondit Alisa bouillant d'indignation. Le testament de ma mère stipule que je ne pourrai avoir sa garde permanente si je ne suis pas mariée; et je dois vivre avec mon mari pendant un an minimum. Dans le cas contraire, ma tante et mon oncle seront institués tuteurs.

— Tenez-vous à la petite fille, ou bien haïssez-vous seulement vos oncle et tante?

— Si vous voulez le savoir, quoique cela ne soit en rien votre affaire, mes sentiments sont aussi intenses dans les deux directions.

— Au cas où j'accepterais votre ridicule proposition, combien seriez-vous prête à me payer?

— Cela dépendrait de vos exigences.

— Environ deux cent mille dollars suffiraient pour prendre en charge la modernisation, indiqua-t-il froidement.

— Vous vous surestimez, lança Alisa les dents serrées.

— Donnant, donnant, Alisa. Ma liberté vaut très cher à mes yeux. Pourquoi m'avoir choisi, justement moi ?

C'est en effet à une soirée chez Elizabeth, comme Michael l'avait suggéré, qu'elle avait rencontré Robin Stuart. Paul Andrews s'était rendu constamment odieux. Peut-être était-ce pour cette raison qu'elle avait pris la peine d'examiner cet homme grand, aux cheveux noirs, qu'il était allé saluer à son arrivée, la laissant seule pendant ce temps. Alisa s'apercevait à présent qu'il s'agissait bien de Robin Stuart. Paul avait tenté de le ramener vers Alisa pour le lui présenter, mais Robin Stuart refusa.

Un peu plus tard, comme elle sortait de la pièce qui servait de vestiaire aux femmes, Alisa avait surpris certaines paroles de ce même Robin Stuart ; elle n'avait aucun doute quant à son identité, car sa silhouette se découpait dans un angle du jardin d'hiver, et il était de ces gens qu'on n'oublie pas facilement.

L'une des femmes présentes l'avait taquiné sur sa réticence à rencontrer le nouvel amour de Paul. Alisa se souvenait encore de sa réponse tranchante :

— D'après ce que m'a raconté Paul, ce n'est pas mon type de femme. Je ne gâcherais pas mon temps avec une blonde froide et sotte qui craindrait qu'une main d'homme dans ses cheveux ne détruise sa mise en plis. Je préfère une femme avec un peu plus de cœur et de flamme, moins de froideur et de vanité.

Alisa choisit ses mots avec prudence.

— J'ai pensé à vous, Monsieur Stuart, parce que vous appartenez à une excellente famille. Malgré votre manque de fortune personnelle, vous apparaissez comme un mari souhaitable vis-à-vis des gens de mon entourage. Par ailleurs, vous n'êtes pas un de ces sots archi-comblés et gâtés qui ne sont pas capables de prendre une décision par eux-mêmes. Vous me faites l'effet d'un homme suffisamment intéressé pour faire un long chemin dans le but d'obtenir ce qu'il veut. Et pour le moment, vous voulez de l'argent.

Un long silence suivit cette affirmation d'Alisa. Quand son interlocuteur répondit, ce fut d'une voix légère et quelque peu amusée.

— Vous n'avez pas une très haute opinion de moi, n'est-ce pas?

— Je n'ai de haute opinion pour aucun homme.

— Et que pensez-vous de l'amour?

— L'acte ou le sentiment? Non que cela ait beaucoup d'importance, car mon avis est bien piètre dans les deux cas. Le premier est dégradant et humiliant, et le second est un piège tendu par les hommes pour s'assurer l'entière obéissance des femmes à leurs ordres.

Avec un regard suggestif, son vis-à-vis lui répondit :

— Peut-être réussirais-je pendant l'année que vous passerez avec moi à vous inculquer une approche différente de l'amour... Mais vous seriez sans doute une élève beaucoup trop difficile, et vous mobiliseriez beaucoup trop de mon temps.

— Je suis ravie que vous ayez cette impression, car il s'agit d'un arrangement d'affaires et de rien d'autre, répliqua vivement Alisa. J'en conclus que vous acceptez mon offre.

— Avec quelques conditions.

— Qui sont?

— Tout d'abord, les deux cent mille dollars seront mon bien propre, et je pourrai en disposer comme je l'entendrai. Quelle que soit la durée de notre mariage, c'est mon prix pour vous laisser utiliser mon nom. Deuxièmement, pendant que nous serons mariés vous devrez vivre avec moi et être entretenue par moi. Je peux vous assurer que ma maison est très confortable et ma table bien garnie. Enfin, je suis convaincu que votre fierté si rigide vous amènera à penser avec moi que personne, en dehors de nous, ne doit savoir que ceci est un arrangement d'affaires conclu dans notre intérêt réciproque. C'est pourquoi j'espère qu'en présence de votre famille ou de vos amis, vous voudrez bien au moins faire un effort pour me manifester quelque affection.

— Est-ce tout? Votre fierté de mâle est-elle satisfaite?

— Pour le moment. Quand le mariage aura-t-il lieu?

— Le plus tôt sera le mieux.

Elle se drapa dans son châle de dentelle noire et se leva; Robin Stuart se leva également et déclara, en lui tendant la main :

— Je prendrai les dispositions nécessaires... Comme c'est étrange, dit-il plus bas, votre main est toute froide.

— Et alors? demanda-t-elle d'un ton sec en essayant de se dégager.

Mais il la tenait fermement, et répondit :

— N'avez-vous jamais entendu le proverbe « mains froides, cœur chaud »?

Ses yeux se moquaient à nouveau.

— C'est une légende de bonne femme.

Elle avait finalement réussi à se libérer; elle lui tourna le dos et se dirigea vers la salle du casino. Robin Stuart fut immédiatement à ses côtés.

— A votre place, je ferais attention, insista-t-il, vous réservez déjà pour votre sœur une place toute chaude dans votre cœur de glace. Un jour une flamme peut arriver et tout faire flamber.

— Je suis tout à fait immunisée contre le genre de flamme à laquelle vous faites allusion.

— Ce qui nous amène à un autre point. Je ne suis pas comme vous sur ce plan. Aussi puisque ce mariage doit être un mariage blanc, j'espère sincèrement que vous ne vous attendez pas à m'entendre prononcer des vœux de chasteté pour une année entière!

— Eh bien, vous aurez donc vos sales petites aventures ! Mais je vous demanderai d'avoir la décence, si vous le pouvez, d'être discret. Maintenant, excusez-moi, je suis attendue.

Cette fois, elle n'avait pas cherché à cacher son dégoût. Robin Stuart lui répondit avec une douceur apparente :

— Mais certainement. Je vous appellerai à dix heures demain matin pour vous informer de l'heure et de l'endroit de « notre » mariage. Quelle est votre chambre ?

Alisa lui donna le numéro, n'appréciant pas du tout son air impérieux, donnant à penser qu'il lui faisait une faveur. Elle s'éloigna aussi vite que possible et, avec toute la dignité qu'elle put rassembler, elle rejoignit son cousin qui, comme à son habitude, était complètement absorbé par les tables de dés.

Quand Alisa fut parvenue à l'arracher à son jeu, elle lui annonça son prochain mariage avec Robin Stuart. Michael fut choqué et absolument opposé à ce projet. Il n'avait pas rapporté à Alisa tout ce qu'il savait sur le jeune homme, en partie parce qu'à ce moment-là il ne l'avait pas considéré comme prétendant possible. Il pensait en effet que Stuart n'étudierait pas sérieusement la proposition d'Alisa. Mais celle-ci voulut ignorer ses paroles de prudence ; il essaya de lui expliquer que Stuart était un homme cruel et sans merci lorsqu'il voulait arriver à ses fins. Il pouvait être très dur envers ceux qui lui avaient déplu, et il n'hésitait jamais à faire des avances aux femmes de son entourage ; lesquelles d'ailleurs étaient rarement en humeur de résister.

Mais Alisa fit la sourde oreille, certaine de pouvoir maîtriser n'importe quelle situation. Agée maintenant de vingt-quatre ans, elle avait eu maintes occasions de repousser des avances. Bien sûr Robin Stuart pouvait se révéler un adversaire particulièrement coriace, concéda-t-elle à Michael, mais il n'était qu'un homme après tout et non pas l'espèce de démon que son cousin voulait lui dépeindre. En fait, elle l'avait trouvé plutôt accommodant pendant leur discussion. Quelques-unes de ses plaisanteries sur des sujets osés l'avaient irritée et même dégoûtée, mais il n'y avait rien là qu'elle ne pût supporter à condition de garder son sang-froid. Par ailleurs, elle aurait Christine, et c'était son seul objectif.

Malgré tous ses efforts pour enfoncer un peu plus profondément sa tête dans l'oreiller, Alisa finit par s'éveiller aux coups frappés à la porte de la chambre. Elle ouvrit péniblement les yeux et regarda l'heure : dix heures moins le quart.

C'était sans doute son petit déjeuner. Tentant de secouer le sommeil, elle rampa hors du lit, attrapa la robe de chambre assortie à sa chemise de nuit bleu pâle, s'en vêtit et alla ouvrir la porte.

N'en croyant pas ses yeux, elle fixa la haute silhouette qui se tenait sur le seuil. Par un réflexe de pudeur, elle porta la main au ruban qui fermait l'encolure de sa robe de chambre.

— Bonjour, dit simplement Robin Stuart en entrant.

— Vous aviez annoncé que vous m'appelleriez à dix heures.

— J'ai changé d'avis et j'ai décidé de passer, déclara-t-il en s'asseyant dans un des fauteuils bleus d'où il l'observa avec une attention gênante.

— Avez-vous changé d'avis au sujet du mariage? demanda Alisa avec un merveilleux calme.

En réalité elle tremblait intérieurement en attendant sa réponse.

Son partenaire laissa son regard flâner sur la robe de chambre bleue qui caressait ses chevilles, son tissu souple moulant ses jambes, ses hanches et sa taille avant de se terminer à la ligne du cou et sur les petites manches-capes.

— Je voulais me rendre compte de l'allure de ma

future femme au réveil. J'aime ce déshabillé : il est comme vous, sagement prude et sensuellement provocant. C'est une consolation de découvrir que Mademoiselle Perfection est aussi hirsute le matin qu'une mortelle ordinaire.

Là-dessus Alisa se retourna vivement pour se regarder dans le miroir. Elle y vit un visage pâle, débarrassé la veille au soir de tout maquillage. Ses cheveux étaient tout ébouriffés, et elle avait une tache rouge sur la joue, à l'endroit où elle avait reposé sur son bras. Que diable, pensa-t-elle avec colère. pourquoi devait-il venir juste au moment où elle avait cette tête! Il lui lança un regard moqueur, ce qui, bien entendu, attisa encore son courroux malgré ses efforts pour le cacher:

— Que venez-vous faire. Stuart?

— Je suis votre futur mari. Vous devriez m'appeler Robin, s'écria-t-il d'un air amusé. J'ai pensé que nous pourrions nous occuper du mariage civil ce matin. J'ai pris des arrangements pour que la cérémonie ait lieu cet après-midi à deux heures, ce qui nous donne tout le temps d'attraper un avion vers trois heures.

Alisa fut d'abord surprise de la vitesse à laquelle Stuart avait tout organisé, puis elle se rendit compte de ses raisons.

— Vous êtes terriblement pressé de mettre la main sur l'argent, n'est-ce pas? lança-t-elle amèrement.

— Vous pourriez changer d'avis... Je vous retrouverai en bas dans une demi-heure. Nous irons alors chercher la licence de mariage, puis déjeuner, avant de nous rendre à l'église.

Alisa se raidit à son ton de commandement. A ce moment-là elle était d'accord : que tout soit fait le plus vite possible; mais il devait savoir qu'elle aussi pouvait donner des ordres.

— Très bien, répliqua-t-elle; vous pouvez nous réserver des places sur un avion pour San Francisco cet après-midi. Demain matin nous irons à la banque et je vous ferai remettre une traite. Ensuite nous pourrons nous arrêter à Oakland pour aller chercher Christine.

Robin sourit nonchalamment à son air pincé; il semblait s'amuser de ses efforts pour paraître exercer sur lui quelque autorité, mais il fit un signe affirmatif.

2

Alisa étudiait la chevelure drue et noire de l'homme au volant près d'elle, et ses sourcils foncés qui faisaient paraître ses yeux noirs et étincelants comme du jais. Il portait une chemise polo blanche avec une veste de sport en loden vert qui accentuait le teint mat de sa peau. C'était donc là son mari.

Dans le monde fantastique de Las Vegas avec ses myriades d'enseignes au néon et ses fontaines de lumière, il lui avait semblé agir avec bon sens. Auparavant, la différence entre gagner et perdre n'avait dépendu que de la façon de jeter les dés ou de jouer ses cartes, mais maintenant l'ironie voulait qu'elle dépende de sa signature au bas d'un certificat de mariage. Elle avait gagné la garde de Christine, mais qu'avait-elle perdu?

Pourrait-elle jamais oublier le pressentiment qui l'avait envahie lorsque le taxi les avait déposés devant l'église, la veille. Les airs de conspirateur du chauffeur et ses sous-entendus l'avaient rendue malade. Elle s'était exhortée au calme tandis qu'elle sentait ses mains trembler en ajustant sa robe de broderie blanche sur le fond de robe bleu pâle. Le chapeau confectionné dans le même tissu était garni d'un petit bouquet de fleurs d'oranger artificielles piqué sur le large bord souple. Ses cheveux d'or pâle étaient rassemblés dans l'habituel chignon.

C'est une cérémonie ridicule, un simple rite, s'était-elle dit, il n'y avait rien là qui justifiât le tour que lui jouaient ses nerfs. Les vœux qu'ils allaient prononcer ne signifiaient rien. Elle avait été témoin de trois des mariages de sa mère, ce qui faisait d'elle une autorité en la matière. Et pourtant, dès qu'elle était entrée dans l'église, son sang-froid s'était trouvé en défaut. Elle avait vertement repoussé la femme qui lui servait de témoin et qui lui avait rapidement glissé un mouchoir dans la main, en murmurant « quelque chose d'emprunté ». Alisa n'avait que faire de cette vieille coutume...

La voix de Robin avait résonné haute et claire lorsqu'il avait prononcé les paroles rituelles. Alors que celle d'Alisa, basse et tendue, révélait ses efforts pour garder son contrôle... qui avait presque craqué sur les mots « honorer et *obéir* ». Elle avait à ce moment rencontré les yeux ironiques de Robin, qui s'était encore moqué d'elle à deux reprises : lorsqu'il avait passé l'alliance à son doigt, puis lorsqu'elle avait légèrement frôlé ses lèvres en guise de baiser.

Il avait continué à l'importuner, directement ou indirectement. La veille à l'aéroport et plus tard à l'hôtel lorsqu'il avait réservé des chambres séparées, Robin avait insisté pour l'identifier comme sa femme et seulement ainsi : Mme Stuart. Et même ce matin-là à sa banque à elle : le directeur était un vieil ami de la famille de Robin et elle avait été de nouveau reléguée à l'arrière-plan. Il lui semblait avoir perdu son identité. Elle n'était plus que la femme de Robin Stuart. Et il prenait plaisir à s'assurer qu'elle avait bien enregistré le fait. Elle ne ressentait que de la rage et du mépris.

Robin ralentit devant la façade d'une maison austère et blanche, à deux étages, précédée d'une pelouse impeccable, d'arbres et de massifs bien taillés.

— C'est ici?

— Oui, répondit Alisa, le souffle court, ses yeux bleus cherchant avidement la petite tête auburn de sa sœur.

Mais portes et fenêtres étaient fermées et inhospitalières. Lorsqu'elle sortit de la voiture, son pas vif et ses yeux brillants trahissaient son impatience.

— Vous aimez vraiment cette enfant, remarqua Robin en lui prenant avec courtoisie le bras pour monter les marches du perron.

— Bien sûr, je l'aime! répliqua Alisa.

La femme qui vint leur ouvrir avait un certain âge. Elle se tenait très droite, ses cheveux gris tressés en couronne sur sa tête. Elle eut un faux sourire de bienvenue, démenti par l'éclat irrité de ses petits yeux sombres.

— Alisa! J'ai été vraiment surprise lorsque tu as appelé ce matin pour me dire que tu étais mariée... Est-ce ton mari?

L'intonation sarcastique n'échappa pas à Alisa, qui se résigna à faire les présentations avec impatience.

— Robin Stuart. La belle-sœur de ma mère, Marguerite Denton. Où est Christine?

Cette question fut complètement ignorée.

— Entrez et venez prendre le café, dit la femme en les introduisant dans une grande pièce sombre où un service en argent était déjà disposé.

Elle s'assit immédiatement et servit le café.

— Vous vous êtes mariés très vite, n'est-ce pas?

— Dès qu'Alisa a donné son accord; je n'avais aucune envie de lui offrir l'occasion de changer d'idée, répondit Robin avec un jeu de regards tendres vers sa femme.

— Ne m'as-tu pas dit que vous vous étiez mariés juste hier? dit Marguerite en tendant une tasse à Alisa. Vous n'avez même pas eu de voyage de noces. Vraiment je serais heureuse de garder Christine encore quelques semaines si vous désirez partir.

— Cela ne sera pas nécessaire, trancha Alisa.

— Nous apprécions votre offre, intervint Robin vivement, un large sourire soulignant ses paroles aimables. Mais nous voulons surtout savoir si Christine a bien compris qu'Alisa ne l'a pas abandonnée. Elle doit savoir qu'elle fait partie de notre famille, qu'elle en est un membre d'honneur. Vous comprenez?

— Oui, je vois.

La bouche de Marguerite tremblait de colère contenue tandis que ses yeux allaient de l'un à l'autre.

— Où est Christine? demanda Alisa de nouveau.

— Elle était terriblement troublée ce matin quand je lui ai appris que tu t'étais mariée. Elle s'est bien adaptée ici. C'est vraiment dommage de devoir la transplanter.

— Où est-elle, Tante Marguerite?

— Dans sa chambre. Je l'ai fait mettre au lit pour un petit moment.

— Irez-vous la chercher ou dois-je le faire? lança Alisa d'un ton menaçant. Ses yeux étincelaient.

— J'y vais, dit la tante. Elle se leva et quitta la pièce, animée d'une colère presque tangible.

Après son départ, Alisa prit nerveusement une cigarette. Elle s'en voulait de se laisser ainsi exaspérer par sa tante. Robin lui offrit la flamme de son briquet; elle le regarda intensément, irritée qu'il ait pris la peine d'expliquer la rapidité de leur mariage. Marguerite n'avait pas été le moins du monde convaincue. Il lut dans ses pensées, car il lui dit :

— Il est possible qu'elle ait des doutes sur la raison de notre mariage, mais cela vaut mieux que des certitudes. Ce serait une arme de plus contre vous.

— Je peux en venir à bout. Elle n'a aucun atout dans son jeu.

— Si, pourtant : votre crainte d'elle et votre amour pour Christine.

Elle lança un vif regard sur Robin, désagréablement consciente de son esprit beaucoup trop pénétrant. Des bruits de pas lui firent tourner anxieusement la tête vers le seuil où apparurent sa tante et l'enfant. Le visage d'Alisa s'éclaira, elle ouvrit les bras, mais ils restèrent vides tandis qu'elle regardait le visage boudeur de sa sœur. Ce manque total d'affection la surprit.

— Chris? risqua-t-elle d'une voix hésitante.

La petite tête brune aux reflets cuivrés se releva quelque peu, révélant un menton tremblant et des yeux bruns rebelles. Les bras minces de Christine étaient crispés derrière son dos, et les coins de sa bouche tombaient résolument. Marguerite annonça :

— Je ne crois pas que Christine soit tellement heureuse de te voir.

— C'est pas vrai!... J'étais supposée te dire que je ne voulais pas aller avec toi, mais si, oh! si, je le veux!

Sur ces mots, la petite se jeta dans les bras d'Alisa.

— Prends-la! cria Marguerite d'une voix stridente. De toute façon, elle ne fait que geindre, elle est insolente et galope toujours à travers la maison. C'est une gamine terriblement gâtée. Pas étonnant avec une mère comme Eleanor!

— Emmène Chris à la voiture, Alisa. Je réglerai ceci.

Alisa se tourna vers Robin, reconnaissante, mais la colère qu'elle vit dans ses yeux la laissa stupéfaite. Elle porta l'enfant bien serrée contre elle jusqu'à la voiture. Là elle se dégagea, essuya doucement les larmes de Christine et lui affirma que maintenant elle n'avait plus aucun souci à se faire. Après que le fin visage se soit enfin éclairé d'un pâle sourire, Alisa se permit un regard vers la maison. Ses yeux brillaient à l'idée de la scène qui s'y passait. Elle-même avait été impressionnée par l'autorité de la voix de Robin et elle aurait souhaité pouvoir être témoin de sa confrontation avec Marguerite.

Pendant la plus grande partie de sa vie, Alisa s'était

débrouillée seule. Sa mère avait toujours semblé trop occupée d'un ami ou d'un mari lorsque les crises de son enfance et de son adolescence s'étaient produites. Elle n'avait jamais connu la sécurité d'une cellule familiale. Dale Patterson avait rendu sa mère merveilleusement heureuse, et ils avaient tenté tous deux d'attirer Alisa dans le cercle de leur amour. Mais elle était alors devenue trop cynique pour son jeune âge; il ne lui était plus possible d'accepter leur tendresse. Elle avait été stupéfaite quand sa mère lui avait appris qu'elle allait avoir un bébé, à trente-sept ans. Bien qu'Alisa eût tendrement aimé sa sœur, elle n'avait jamais vraiment pu s'intégrer à la famille, restant sur sa réserve, sauf lorsqu'elle se trouvait seule avec l'enfant. Elle avait déversé sur Christine tout l'amour qu'elle n'avait jamais cru pouvoir donner jusqu'alors.

C'était une sensation nouvelle pour Alisa, de penser que Robin se battait en ce moment pour elle contre la tante qu'elle détestait. L'expression de gratitude se lisait encore sur son visage lorsqu'il sortit, une petite valise à la main. Non qu'elle ait eu besoin de protection, se corrigea-t-elle aussitôt. Après tout, elle était parfaitement capable de régler elle-même ses comptes avec Marguerite. Néanmoins, tout comme elle haïssait l'arrogance moqueuse de Robin, Alisa savait qu'elle n'oublierait jamais cette preuve de gentillesse.

Comme il prenait place à ses côtés derrière le volant, elle étudia le rictus de colère qui n'avait pas encore quitté son visage. Un frisson d'appréhension chassa l'impression de douceur qu'elle venait tout juste de ressentir. Elle se demandait quel effet cela devait faire d'être l'objet d'une telle colère...

— J'ai pris quelques affaires pour Christine. Le reste sera expédié chez nous.

Alisa serra les mâchoires à l'énoncé du possessif, ce qui fit bien entendu se relever les coins de la bouche de Robin. Christine le regarda avec une certaine animosité.

— Elle a dit que vous n'aimiez pas les petites filles! Elle a dit que vous ne vouliez pas de moi dans vos jambes et que si je faisais quelque chose de mal vous me renverriez.

Robin lança un coup d'œil enflammé à Alisa.

— Christine parle de Marguerite, remarqua-t-elle avec un sourire condescendant.

— Ta tante s'est trompée, Chris. J'aime beaucoup les petites filles, surtout lorsqu'elles deviennent, en grandissant, aussi jolies que ta sœur. Et j'en suis sûr, Alisa fera tout son possible pour que tu n'aies pas à retourner chez ta tante, que tu sois gentille ou non.

Avec cette arrogance moqueuse qui agaçait tant Alisa, il la détailla depuis la perfection de son visage au teint lisse et clair, jusqu'aux courbes révélées par son tailleur beige. Apparemment satisfait, il se détourna et mit la voiture en marche. Mais Christine insistait, désirant sans doute voir toutes ses peurs conjurées à la fois.

— Elle a dit que vous voudriez avoir Lisa pour vous tout seul, et que vous n'aimeriez pas que je sois toujours avec elle!

— Je vais te dire ce que nous allons faire, répondit il d'une voix douce, un peu amusée. Je travaille pendant la journée, donc tu pourras l'avoir pour toi toute seule. Et le soir, quand il sera temps d'aller se coucher, Alisa sera à moi. Qu'en penses-tu?

— Ça va... Mon papa travaillait aussi, mais parfois il s'amusait avec maman et moi. C'était formidable.

— Je pense que tous les trois nous pourrions aussi formidablement nous amuser, n'est-ce pas Alisa?

La nouvelle douceur qu'elle avait ressentie pour cet homme qui était maintenant son mari, faisait rapidement place à une colère froide. Elle pouvait sentir, au-delà de la ruse de ses paroles rassurantes pour sa petite sœur, son affirmation narquoise que, malgré tout son défi, elle dépendait de lui, elle avait besoin de lui dans l'intérêt de l'enfant. Or c'est lui qui aurait dû se soumettre à elle; d'après son plan, il aurait dû être son obligé.

— Ça serait pas amusant, dis, Lisa?

Alisa baissa les yeux vers le petit visage sérieux, et se contraignit à sourire.

— Robin sera très occupé, aussi nous ne pouvons pas compter qu'il passe beaucoup de temps avec nous. En fait, ce sera très rare, mais quand il le pourra, je suis sûre que tu t'amuseras bien.

Là-dessus il fit entendre un rire grinçant.

— Nous sommes seulement au début de l'été, ma chère. Les vendanges ne commencent qu'en août. Entre-temps nous aurons de nombreuses occasions d'être ensemble.

Robin lui lança son sourire moqueur, et Christine applaudit de plaisir. Son bonheur était trop important pour Alisa : elle ne tenait pas à le gâcher.

— Où allons-nous? demanda l'enfant joyeusement.

— Dans notre maison de Napa Valley, répondit Robin.

— C'est où?

— A peu près à une heure et demie de voiture de San Francisco, la renseigna-t-il avec un gentil sourire.

Satisfaite, Christine s'installa confortablement entre Alisa et Robin, un air de contentement sur son petit visage triangulaire.

La voiture quitta la route pour s'engager sous un fronton ouvragé posé sur deux piliers de briques. Le fronton annonçait : Vignoble Stuart. L'allée qu'ils suivaient maintenant était bordée de chênes massifs. Leur écorce était ravinée et leurs branches tordues par toutes les années qui les avait vus, sentinelles du chemin vers la maison. Les vignes s'étendaient derrière leur épais feuillage, telles les vagues de la mer, roulant sur les collines.

Alisa protégea ses yeux du soleil brûlant de midi

lorsque Robin ralentit, à une trouée dans les arbres. Ceux-ci cessèrent bientôt et firent place à une allée circulaire. En face, entouré d'autres chênes gigantesques, se dressait un manoir avec tourelles, coupoles et pignons. Autour des fenêtres et des portes en demi-cintre et entourées de pierre blanche, du lierre s'accrochait, couvrant les briques de la façade. Une allée plus étroite menait à l'arrière de la maison et grimpait jusqu'à d'autres bâtiments. Alisa était stupéfaite par l'importance de la propriété. Elle s'était attendue à une modeste vigne avec une de ces petites maisons qui semblent toujours absorbées par les bâtiments de l'exploitation. Les pelouses étaient impeccables. Il y avait un massif de fleurs devant la maison, au midi, et, du même côté un petit patio meublé luxueusement de rotin peint en blanc, avec une profusion de coussins.

Christine babillait en s'adressant à Robin, qui avait stoppé la voiture et ouvrait déjà la portière pour Alisa. Ses yeux noirs se moquaient en la regardant assimiler l'élégance vieille-Angleterre de la maison. Une horrible pensée vint troubler la jeune femme : ceci ne donnait absolument pas l'impression du logis d'un homme pauvre!

— La plomberie est un peu capricieuse, mais je pense que le reste pourra vous satisfaire, Madame Stuart, déclara Robin avec solennité, en prenant sa main pour la guider.

— C'est très impressionnant... Vraiment pas ce que je m'attendais à trouver, dit Alisa sans parvenir à donner un air de nonchalance à sa voix, qui trahit son admiration.

— Mais vous ne m'avez jamais demandé de confirmer vos informations. En fait, c'est pour une expansion de mon exploitation que j'avais besoin d'argent.

Alisa eut un soupir de soulagement. Pendant un court instant elle avait cru qu'il allait lui faire une révélation. Elle jeta un regard circulaire à la recherche de Christine, qui grimpait déjà les marches du perron, leur criant de se dépêcher car elle voulait explorer sa nouvelle maison. Avec un sourire ironique Robin prit le bras de sa femme et la conduisit jusqu'à la large porte blanche ornée d'un gros heurtoir de cuivre. Christine dansait impatiemment d'un pied sur l'autre.

— Je voudrais que vous portiez Alisa pour passer la porte! cria-t-elle avec un large sourire pour chacun d'eux lorsqu'ils arrivèrent sur le porche.

— C'est une superstition ridicule, repartit Alisa, et tu sais bien, Christine, que je ne crois pas à ce genre de choses.

— Eh bien, votre mari lui y croit! s'écria en riant Robin. Il l'enleva aisément dans ses bras et fit signe à Christine d'ouvrir la porte.

— Reposez-moi par terre! grinça Alisa entre ses dents, repoussant la large poitrine de ses poings.

— Pourquoi ne vous laissez-vous pas aller? Vous pourriez y prendre plaisir...

Il rit à sa faible protestation.

— Je ne sens aucun plaisir dans les bras d'un homme.

— Je pourrais vous apprendre beaucoup, murmura-t-il en la serrant davantage.

Dans un fou rire, Christine les appela de l'intérieur.

— Alors, vous n'entrez pas?

Ignorant la rigidité avec laquelle Alisa tentait de se tenir loin de lui, Robin lui fit passer le seuil et la porta dans le hall. Là il s'arrêta mais ne la posa pas encore, amusé par le mépris qui se lisait sur son visage. Il ne la lâcha qu'à l'arrivée d'une femme au bout du hall. Quand celle-ci se rapprocha, Christine se précipita près d'Alisa et lui prit la main pour se rassurer. Robin avait toujours le bras autour de sa taille, et Alisa savait qu'en présence de cette femme elle devait le supporter quelques minutes de plus.

— Rob! Nous ne vous attendions pas avant deux jours!

La femme aux cheveux gris lui avait saisi la main, et le regardait, la joie dans ses yeux bleus.

— Vous savez bien que je n'aurais pas pu rester une semaine entière éloigné de mon deuxième amour! la taquina Robin en l'embrassant gentiment sur la joue.

A ce terme de « deuxième amour », la femme porta de nouveau son regard sur Alisa. Elle examina anxieusement la froideur des yeux, les cheveux d'or pâle et la perfection de sa beauté.

— Nora, voici ma femme, Madame Alisa Franklin Stuart, annonça Robin avec une ombre de moquerie en serrant plus fort Alisa. Et sa sœur Christine Patterson. Alisa, Chris, je vous présente ma gouvernante, Nora Castillo.

Alisa et Nora regardèrent Robin avec surprise. Alisa parce qu'elle n'avait jamais vu un domestique salué avec tant d'affection, même pas par sa mère, qui se voulait progressiste. Et Nora à cause de l'annonce par Robin de son mariage. Alisa n'aimait pas la façon dont la gouvernante l'examinait, maintenant qu'elle savait qui elle était. Elle avait l'impression bizarre d'être chez le boucher un morceau de viande à rôtir qu'on aurait trouvé trop juste. Cette femme n'avait évidemment aucune notion de sa position. Leur échange de salutations fut froid, chacune faisant silencieusement comprendre à l'autre sa désapprobation. Robin rompit le silence hostile.

— Un déjeuner léger nous suffira, Nora. Nous le prendrons dans le patio d'ici une heure environ. Montrez à Madame Stuart la chambre lavande.

— La chambre lavande? répéta Nora avec un regard venimeux vers Alisa.

— Oui, confirma-t-il d'un ton sans réplique. Avez-vous besoin de quoi que ce soit dans la voiture?

Alisa fit un signe négatif.

— Je monterai les valises plus tard, dans ce cas.

Sa main quitta la taille d'Alisa puis frôla sa joue en

une caresse légère. Puis il s'éloigna. La jeune femme avait dû se retenir d'esquiver le contact de la main de Robin. Son regard moqueur lui avait prouvé qu'il en était conscient, et un autre regard, celui de la gouvernante, exprimait la même chose.

— Où est-ce que je vais coucher? demanda Christine.

— Y a-t-il une chambre près de la mienne?

— Oui, à côté il y a la chambre verte. Si vous voulez me suivre?

Les talons de la gouvernante résonnaient sur le sol dallé de marbre du hall tandis qu'elle les conduisait vers le grand escalier à la balustrade largement sculptée. Le jaune pâle des murs s'accordait aux boiseries de chêne et aux veines dans le marbre du sol. Les marches étaient faites du même matériau. Leur dimension ajoutait au climat d'élégance et à l'aspect cossu de l'ensemble. Le couloir de l'étage était recouvert d'une moquette or. Il partait à gauche et à droite de l'escalier sous le haut plafond de l'immense hall aux murs clairs. Nora Castillo emmena Alisa et Christine vers la droite, puis s'arrêta à la première porte.

— Nous appelons cette chambre la chambre verte, annonça-t-elle.

Alisa entra dans la pièce, une Christine toute timide sur les talons. Les murs étaient du vert des feuilles au printemps, les boiseries blanches, comme l'ensemble rustique à la française de l'ameublement. Le lit d'une personne avait un petit baldaquin recouvert, comme le lit, d'un chintz à fond blanc fleuri de bouquets, utilisé aussi pour les double-rideaux.

— C'est un lit pour une princesse! s'extasia Christine en admirant le baldaquin comme si c'était une féerie. Est-ce vraiment ma chambre?

Alisa opina de la tête; son visage heureux reflétait la joie de sa sœur.

— La salle de bains est ici, déclara Nora en ouvrant

une porte, et communique avec votre chambre, Madame Stuart.

Le froid détachement avait reparu sur le visage d'Alisa lorsqu'elle ordonna à Mme Castillo de lui montrer sa chambre. Elle y retrouva le même goût parfait dans la décoration. Les murs étaient également pastel, les boiseries blanches, l'atmosphère raffinée. Le dessus de lit et les double-rideaux étaient de velours pourpre, l'épaisse moquette couleur d'ivoire.

— La principale chambre à coucher, où Rob dort, est juste à côté, dit Nora Castillo sans cacher sa désapprobation quant à ces chambres séparées.

— Y a-t-il une porte de communication? demanda Alisa rapidement, les yeux sur la cloison.

— Non. Voudriez-vous voir sa chambre?

— Non, non... Je pense ne plus avoir besoin de vous, dit sèchement Alisa, n'appréciant pas l'attitude trop familière de la gouvernante.

Pendant un moment la jeune femme se tint sans bouger, le regard sur la porte par où était sortie Mme Castillo; puis Christine entra en coup de vent par la salle de bains.

— C'est merveilleux, n'est-ce pas? Ta chambre est aussi jolie que la mienne. Oh, est-ce que je peux aller explorer la maison? Je me suis arrangée et je me suis lavé les mains.

Alisa eut un grand sourire et serra contre elle son vif-argent de sœur. La chaleur de son amour pour Christine fit monter à ses yeux un brouillard de larmes lorsqu'elle la laissa aller. Quand le silence se réinstalla dans la pièce, Alisa s'effondra sur la chaise de velours devant la coiffeuse et entreprit de se masser les tempes.

La femme qui la regardait dans le miroir lui sembla étrange, avec sa peau lisse, ses cheveux d'or pâle, ses yeux clairs et indifférents. Chaque fois qu'Alisa se regardait dans un miroir et quoiqu'elle soit contente de son joli reflet, elle était un peu surprise de ce qu'elle y voyait. Elle aurait voulu découvrir un visage aussi libre et heureux que celui de Christine, mais elle trouvait toujours ces yeux froids qui la fixaient, lui rappelant qu'elle avait été beaucoup trop vulnérable et qu'elle était passée par un processus très pénible afin d'acquérir ce parfait contrôle de soi.

La vie n'était pas la longue allée de bonheur décrite dans ses livres de contes, jadis. Il était préférable après tout, se dit-elle, de connaître la vérité. Toutes les histoires romanesques n'étaient qu'une farce destinée à vous inoculer un faux espoir. L'amour d'un enfant, de Christine, était la seule chose à laquelle elle puisse s'accrocher, la seule chose en quoi elle puisse avoir confiance.

Alisa se releva brusquement, enleva sa veste, la posa sur le lit, et se dirigea vers la fenêtre en croisant frileusement les bras. Elle savait quelle sorte de femme était la gouvernante, de celles qui croient au rôle traditionnel de la femme dans le mariage, soumise à son mari, prête à être pour lui tout à la fois maîtresse, mère et servante.

— La chambre n'est-elle pas à votre goût?

Robin était sur le seuil; il apportait à Alisa sa valise. Celle-ci répliqua d'un ton indifférent :

— Elle est très jolie. Qui ne serait pas satisfait?

— Vous. J'aurais cru que vous auriez déjà trouvé à critiquer...

— Je n'y vivrai qu'un an, dit-elle répondant à son ironie. Cela ne vaudrait pas la peine de changer quoi que ce soit à la décoration pour une période si courte.

— Et Nora? Que pensez-vous d'elle?

— Je la trouve beaucoup trop familière pour une domestique, quelles que soient ses qualités.

— Que suggérez-vous? Que je m'en sépare... pendant ladite période?

— C'est une excellente suggestion, mais plutôt définitive. Non, la meilleure formule serait d'avoir avec elle une conversation et de s'assurer qu'elle n'oublie pas à l'avenir sa place de domestique.

— Vous êtes une snob et une garce! Il n'y aura aucune conversation de ce genre avec Nora. Si quelqu'un doit partir, ce sera vous, Madame Stuart... Mais vous ne pouvez pas me quitter, n'est-ce pas? Et garder Christine...

— Vous êtes un goujat, insupportable et tyrannique! s'écria Alisa en s'efforçant de garder son calme. Sans doute vous ai-je placé dans une position désagréable. En effet, bien que vous ayez demandé une somme importante pour m'épouser, vous avez été tout surpris que j'aie pu la fournir. Maintenant vous pensez devoir raffermir vos arrières en obtenant la haute main sur moi par le chantage. Vous n'y réussirez pas, mon cher mari, parce que j'ai ce que je voulais, et vous ne me ferez pas céder maintenant.

— Là vous avez raison, répondit-il d'un air moqueur, j'ai l'intention de vous faire céder... Mais je ne crois pas que nous parlions de la même chose.

— Je n'ai, moi, aucune intention de m'exprimer par énigmes, lança-t-elle sèchement. Le déjeuner doit être prêt. Allons-y!

— Est-ce une invitation ou un ordre? lança Robin comme Alisa passait devant lui pour sortir.

Elle s'arrêta sur le seuil et tourna légèrement la tête vers lui, surprise par la douceur inquiétante de sa voix.

— Comme il vous plaira.

— Je n'accepte pas les ordres, surtout pas venant de ma femme!

— Que vous êtes vieux jeu! Peut-être pourriez-vous apprendre...

— Si quelqu'un doit apprendre, ce sera vous, et je serai le professeur.

Il la défiait du regard. Alisa se souvint involontairement de ce que Michael lui avait dit de la réputation de cruauté et d'entêtement de Robin Stuart. Mais après tout, il n'avait jamais rencontré quelqu'un comme elle.

— Franchement, vous ne pourriez rien m'enseigner. Et par ailleurs, il m'est indifférent que vous déjeuniez ou non avec moi. Je n'ai aucun désir de m'asseoir à votre table. En ce qui me concerne, vous pourriez aussi bien disparaître sur-le-champ!

— Vous seriez vraiment ravie que je m'évanouisse dans les airs, n'est-ce pas? dit la voix moqueuse de Robin juste derrière elle. Vous ne pouvez pas marcher à travers moi comme si je n'existais pas, et je ne vous laisserai jamais me piétiner.

— Dans ce cas, Monsieur Stuart, déclara-t-elle avec un sourire suave, je vous contournerai!

— Si vous le pouvez, dit-il en levant les sourcils d'un air incrédule et amusé.

Et il prit son bras pour descendre l'escalier de marbre.

La légère timidité de Christine envers la nouvelle maison avait complètement disparu au déjeuner. Son bavardage compensa le silence glacial de sa sœur aînée. Robin se montra indulgent pour Christine, mais totalement indifférent envers Alisa. Il paraissait s'attendre à son silence, et son attitude disait « continuez à vous isoler ainsi; cela ne me dérange absolument pas ». Alisa se sentit pleine de colère. Lorsqu'ils terminèrent le dessert, elle grinçait des dents de rage devant son manque d'intérêt. Elle ne s'était pas attendue à ce qu'il la contraignît à faire la conversation, mais elle avait pensé qu'il ferait au moins une remarque sur son silence continuel. Même pas. Il se leva de table en présentant ses excuses à Christine, lui expliquant qu'il avait du travail à faire au bureau sur la colline.

Le berger allemand noir qui avait attendu patiemment à la limite du patio trotta aux côtés de Robin et le suivit entre les arbres vers l'arrière de la maison. Alisa dut supporter les exclamations de Christine au sujet du chien, Baron, avec qui elle avait lié amitié avant le déjeuner. Enfin Alisa réussit à endiguer le flot de paroles de sa sœur, pour lui annoncer qu'elles allaient défaire leurs valises, et ensuite faire le tour de la maison et des terres.

Comme elles n'avaient qu'une petite partie de leurs affaires, elles eurent vite fait de les ranger. Christine insista alors pour servir de guide à sa sœur. Elle la prit par la main pour la guider hors de sa chambre. La petite désigna l'autre partie du couloir et expliqua que s'y trouvaient les chambres d'amis. Elle dévala les marches devant Alisa, ouvrit une double porte à gauche du grand hall et, de sa voix la plus impressionnante, présenta « le grand salon ». Alisa n'eut qu'un bref instant pour admirer le mobilier traditionnel et confortable dans une pièce toute blanche et très aérée, avant d'être entraînée vers la salle à manger. De nouveau, la pause étant très courte, Alisa eut juste le temps de voir que la pièce, intime quoique grande, pouvait aisément accueillir un grand nombre de convives. Une troisième double porte fut ouverte.

— C'est ma pièce favorite!

Christine dansait autour d'un canapé à fleurs jaunes assorties aux murs d'un jaune vif souligné par les moulures blanches.

— Nora m'a dit que c'était la pièce du matin. Sais-tu pourquoi on l'appelle comme ça?

Sur un signe négatif de sa sœur, Christine entreprit d'expliquer :

— Parce que c'est ici que nous prendrons notre petit déjeuner. Elle a dit qu'on n'aime pas le prendre dans la salle à manger. Elle est trop élégante, et personne ne se sent élégant le matin!

Alisa ne put s'empêcher d'être d'accord. C'était la pièce idéale en cette occasion, vaste et brillante pour vous éveiller, et pourtant meublée de façon confortable où les gens qui n'avaient pas encore tout à fait émergé du sommeil pouvaient se détendre. Christine reprit sa marche précipitée à travers le hall.

— La cuisine est derrière cette porte, mais Nora a dit que la cuisinière n'aime pas les gens qui viennent tourner dans son royaume.

Elles se trouvaient de nouveau dans l'entrée, où Chris s'arrêta devant une grande porte faisant face au salon.

— Ça c'est l'antre du lion, annonça-t-elle en pouffant.

— L' « antre du lion »?

— C'est ainsi que nous disions, maman et moi, expliqua Christine, une nuance de nostalgie dans ses yeux bruns. Papa l'appelait son cabinet de travail, mais il rugissait tellement si on le dérangeait que nous le nommions l' « antre du lion ». Ici c'est le cabinet de travail de Robin et je ne suis pas supposée y entrer.

— En effet, Robin pourrait bien rugir après toi... Mais tu ne dois pas appeler la gouvernante Nora. Son nom est Mme Castillo.

— Je lui ai dit de m'appeler Chris, et elle m'a permis de l'appeler Nora. D'ailleurs, c'est ce que fait Robin, donc ça va.

— En effet. Mais une petite fille doit le respect à ses aînés, insista Alisa, irritée par la mention de Robin comme référence de la conduite à tenir.

— Alors, dans ce cas, il faudrait que je te dise « Madame Stuart », rétorqua Christine d'un air innocent.

— Je suis ta sœur, c'est différent. Je suis membre de ta famille.

— Nora aussi. Elle l'a dit et Robin également.

L'enfant était entêtée. Tant qu'Alisa n'aurait pas parlé à Robin pour l'amener à ses raisons, il était inutile de discuter avec sa sœur.

— Nous verrons cela plus tard, déclara-t-elle. Nous devrions monter enfiler un short avant de partir explorer la propriété.

Les cheveux auburn dansaient follement au rythme de la corde à sauter. Le soleil de fin d'après-midi projetait une ombre grotesquement déformée de la petite fille, toute en bras et en jambes, pendant qu'elle comptait ses bonds. La corde s'accrocha enfin à l'un de ses pieds, et Christine vint s'effondrer sur une chaise près d'Alisa.

— Combien ça fait? demanda-t-elle hors d'haleine.

— Soixante-deux, répondit Alisa, ses yeux bleus franchement rieurs.

— C'est pas vrai; ça fait quarante-neuf.

— Comment le sais-tu? taquina Alisa.

— Parce que j'ai compté.

— Si tu comptais, pourquoi m'as-tu demandé de le faire?

— Parce que si tu devais compter, j'étais sûre que tu me regarderais, rétorqua Christine avec un sourire espiègle.

— Petite sotte, je ne te quitte pas des yeux.

L'expression absente qui habituellement gâtait le beau visage avait fait place au rire et à l'amour qu'Alisa portait à sa jeune sœur.

Celle-ci eut un mouvement d'impatience.

— Allons à ces bâtiments sur la colline pour voir ce que fait Robin.

— Je te l'ai dit, nous n'irons pas là-bas.

Pratiquement tout au long de l'après-midi elle avait dû repousser la même suggestion. Montrer de l'intérêt pour le travail de son mari était bien la dernière chose qu'elle voulait faire.

— Le dîner est à sept heures. Il faudrait lui dire.

— Je suis sûre qu'il n'a pas besoin de nous pour le savoir!

— Moi je vais là-haut, avec ou sans toi. Christine se leva, avec une grande dignité.

— Christine, cesse de faire des caprices.

— Moi je ne fais pas de caprices. C'est toi!

— Maintenant tu es impolie! rétorqua sèchement Alisa. Je t'ai défendu d'aller là-haut. Si tu veux tellement voir Robin, tu peux l'attendre près de ce gros arbre là-bas. Et pas plus loin, c'est mon dernier mot.

Christine se laissa aller à sa colère tout en marchant vers l'arbre, et Alisa eut un soupir exaspéré. Sa sœur avait été tellement gâtée par sa mère qu'elle ne pouvait supporter la moindre contrariété. Précédemment, Alisa avait été tout aussi coupable, entraînée par l'amour qu'elle portait à l'enfant à l'allure de farfadet avec son petit visage pointu. Elle se laissait aller alors à faire tout ce qui pouvait amener chez Christine ce sourire si joyeux. Il valait mieux que l'enfant apprît dès maintenant qu'elle ne pourrait pas toujours agir selon son désir.

Décroisant ses jambes, Alisa lentement se leva, et rajusta les manches bouffantes de sa blouse vert d'eau ainsi que les ruchés du col. Sur une chaise voisine elle prit sa longue jupe d'hôtesse qu'elle fixa à la taille par-dessus son short, la boutonnant seulement à moitié sur le devant, afin de bien montrer ses jambes dont le bronzage contrastait joliment sur le tissu blanc. Elle avait changé de coiffure plus tôt dans l'après-midi, et avait laissé ses cheveux tomber naturellement sur ses épaules, ce qui mettait en valeur la délicatesse de ses traits.

Un bruit de freins sur les graviers de l'allée attira son attention. La voiture s'arrêta non loin du perron, le conducteur en descendit et s'arrêta près de la portière, les yeux sur Alisa qui se trouvait dans le patio. Très lentement, comme si ses jambes refusaient de lui obéir, l'homme s'avança vers elle.

— Alisa? questionna-t-il, avec une sorte de révérence dans son attitude figée.

Le visage exprimait la stupeur sous ses cheveux blond-châtain, mais il s'éclaira comme il s'approchait d'elle. Il prit ses mains dans les siennes et scruta son regard de ses yeux bleus à l'expression grave. Atterrée en s'apercevant qu'il s'agissait de Paul Andrews dont elle avait parlé à Robin avec tant de mépris, Alisa ne tenta même pas de se dégager.

— J'ai pensé rêver. Je ne pouvais en croire mes yeux lorsque je vous ai reconnue en arrivant devant la maison.

Puis il se lança dans un monologue, sans laisser Alisa l'interrompre une seule fois, alors qu'elle aurait voulu lui éviter de s'embarquer dans une interprétation erronée. Sa voix n'était qu'un âpre chuchotement, et il la regardait avec une adoration évidente :

— Que faites-vous ici?... Inutile de m'expliquer. Robin vous a amenée, n'est-ce pas? Je n'ai jamais eu un ami tel que lui. Alisa, vous ne pourriez croire tout ce qu'il a fait pour moi. Lorsque vous m'avez dit que vous ne vouliez plus me revoir, j'ai craqué. J'avais tout le monde en horreur! Mais Robin était là pour m'aider à retrouver mon équilibre. Cela dit, il a dû se douter que je vous aimais encore. C'est cela, n'est-ce pas? Il vous a amenée ici afin que vous puissiez être près de moi!

— Oh! Paul... Arrêtez! protesta Alisa.

Elle sentait la pitié et l'embarras grandir en elle envers cet homme agréable mais fourvoyé, alors qu'auparavant elle avait ressenti pour lui de l'indifférence, même du dégoût.

— Impossible, je suis tellement heureux!

Mais lorsqu'il essaya de la prendre dans ses bras, Alisa le repoussa.

— Vous ne comprenez pas! cria-t-elle. Ce n'est pas cela du tout!

— Que voulez-vous dire?

L'expression presque douloureuse du visage d'Alisa parvint enfin à calmer Paul. Il fronça les sourcils devant l'embarras visible de la jeune femme.

— J'ignorais votre venue, commença-t-elle.

— Rob avait l'intention de nous surprendre tous les deux, ce démon! s'écria-t-il en riant.

— Paul, je ne crois pas que Robin soit l'ami que vous pensez... tenta-t-elle encore d'expliquer, en l'empêchant de la rapprocher de lui.

— Voilà une étrange conduite de la part de ma femme quand j'ai le dos tourné!

Tous deux sursautèrent au son des paroles moqueuses et méprisantes de Robin. Les yeux noirs brillaient, triomphants et amusés, lorsqu'ils rencontrèrent ceux d'Alisa.

Paul s'était vite éloigné, et ses yeux allaient maintenant d'Alisa à Robin, incrédules. Sans même un regard pour Paul, Robin s'avança vers sa femme, la prit aux épaules et la serra contre lui. Il feignit d'ignorer sa raideur alors qu'il plongeait avec une prétendue tendresse son regard dans les yeux de glace. Il dit d'une voix de miel, dans laquelle Paul, trop hébété, ne put sentir le sarcasme :

— Elle est tout ce que tu m'avais dit, Paul, et bien davantage. Je voulais te téléphoner pour t'annoncer la bonne nouvelle. Nous nous sommes mariés hier à Las Vegas.

Le visage hâlé devint mortellement pâle tandis que Paul murmurait des félicitations. Mais Robin ignora son manque d'enthousiasme et continua de regarder Alisa, furieuse.

— Je dois te remercier, Paul, de m'avoir fourni tant de détails sur Alisa avant notre rencontre. Tu parles d'une cour accélérée! Je ne lui ai laissé aucune chance de s'apercevoir de ce qu'elle faisait jusqu'à la sortie de l'église.

— Marie-toi en hâte, repens-toi à loisir, railla Alisa, qui fut immédiatement punie par la lente pression des doigts de Robin sur son bras jusqu'à ce qu'elle dût se mordre les lèvres pour s'empêcher de crier de douleur.

— Voilà le genre de commentaire qu'une jeune mariée ne doit pas faire.

Il allait l'embrasser mais elle tourna la tête, et il ne put que lui baiser la joue. Ses yeux jetèrent des flammes, et il la poussa vers la maison.

— Allez, femme, nous chercher du cherry. Il est grand temps que notre mariage soit arrosé par d'autres que nous.

Alisa tourna un regard hésitant vers Paul et ce qu'elle vit la rendit malade. Les traits doux et forts étaient absolument hagards. Elle comprit soudain comment il avait pu tenter de se suicider en s'apercevant qu'il l'avait perdue. L'amertume et la douleur se disputaient la profondeur de ses yeux bleus comme la mer. Elle savait que sa légère pitié serait sans effet, à cause de son mari. Ce qui l'irritait, tandis qu'elle se dirigeait vers la maison, c'était la façon dont Robin agitait leur mariage sous le nez de Paul. Pénétrant par une des portes-fenêtres dans la salle à manger, Alisa décida que ce jeu sadique était tout à fait dans la manière de Robin.

Lorsqu'elle revint avec un plateau chargé, elle trouva Robin et Paul assis à la table ombragée d'un parasol. Paul était un peu moins pâle, mais ses yeux étaient toujours aussi hagards. Verre en main, il leur présenta ses vœux de bonheur avec une sincérité poignante.

— Renée est-elle au courant? demanda-t-il plus tard à Robin.

— Non.

— Tu devrais lui téléphoner, je pense.

— Elle l'apprendra bien toute seule. Ou, mieux, dis-lui, toi!

— Renée est une ancienne petite amie de Robin? demanda froidement Alisa à Paul.

— Vous n'avez aucune raison d'être jalouse, ma chère femme, si aimante, répondit Robin avec un large sourire. Elle est petite, avec des cheveux noirs, et très passionnée. Rien de commun avec la Princesse des Neiges que j'ai épousée...

— Je suis désolé. Je n'avais aucune intention de provoquer une dispute, dit Paul en matière d'excuse.

— Ne t'en fais pas, dit Robin en riant. J'aime taquiner ma femme sur sa réticence à montrer son amour pour moi. Mais je l'en guérirai vite.

Tout en disant cela, il avait attiré Alisa à lui et il la tenait serrée par la taille malgré tous ses efforts pour se dégager.

— Arrêtez! siffla-t-elle entre ses dents alors qu'il tentait de poser sa main libre sur sa hanche. Elle fit un geste pour la lui enlever, mais il l'arrêta et porta à ses lèvres la main dont il baisa la paume. Le plaisir dansait dans ses yeux devant l'expression glaciale de sa femme.

— J'ai une idée. Pourquoi ne restes-tu pas dîner, Paul? demanda Robin.

— Je ne pourrais pas. C'est votre première nuit ici. Je ne voudrais pas être en tiers, dit Paul amèrement.

— Nous avons déjà un petit chaperon, expliqua Robin en désignant Christine qui jouait avec le chien. Nous serions heureux que tu acceptes, n'est-ce pas Alisa?

— Peut-être Paul a-t-il d'autres projets...

— Dans ce cas, en tant qu'employeur, je lui ordonne de les annuler.

— Eh bien, je...

Paul passa une main dans ses cheveux.

— C'est réglé alors. Allez dire à Nora que nous serons quatre ce soir, ordonna-t-il à Alisa avec un sourire, la défiant de refuser.

Fut-elle agacée par son arrogante certitude qu'elle voudrait le défier, ou fut-elle réellement impressionnée par son air dominateur? Alisa, en tout cas, sourit en réponse à son ordre et, après avoir murmuré une excuse polie, elle entra dans la maison.

Après avoir informé la gouvernante que M. Stuart avait invité M. Andrews à dîner ce soir-là, Alisa resta dans la maison, se refusant à retourner dans le patio pour y être exposée à quelque autre piège de Robin. Un quart d'heure plus tard, il entrait dans le salon où Alisa feuilletait distraitement un magazine de mode.

— Ainsi vous étiez là, remarqua-t-il avant de lui expliquer que Paul et Christine se lavaient les mains. Ne croyez-vous pas qu'il était plutôt impoli de ne pas venir nous rejoindre?

— Pas plus impoli et indélicat que votre attitude, répliqua-t-elle en posant sa revue. Comment avez-vous pu être assez insensible pour l'inviter à dîner?

Avec sa souplesse de fauve, Robin plia son grand corps pour s'installer dans un fauteuil bleu assorti au sofa. Il appuya sa tête au dossier afin de pouvoir la regarder de son air narquois.

— Il est grand temps qu'il cesse de penser à vous comme à une déesse virginale sur son piédestal. Le choc de la découverte de notre mariage lui fera un bien énorme. Et en restant dîner, il pourra s'accoutumer au fait et y faire face avant de se retrouver seul, risquant de se laisser aller à quelque état amer et dépressif... Le dîner vous donnera également l'occasion de me montrer jusqu'à quel point vous avez l'intention d'accepter les conditions de notre mariage.

— Mais de quoi parlez-vous?

— Nous étions convenu qu'en public nous ferions preuve de quelque tendresse l'un pour l'autre. Et si c'est ce que vous avez tenté de faire ce soir, eh bien, ma chérie, vous êtes une bien piètre comédienne.

— Si vous pensez que je vais vous permettre de me caresser chaque fois que nous aurons de la visite, vous vous trompez complètement! s'exclama Alisa, se levant d'un bond dans sa colère.

— Vous êtes excitante à regarder, Alisa, mais vous êtes froide à toucher. Un bras sur vos épaules est loin d'être une caresse; je vous ai pas encore caressée, mais je doute que vous ayez suffisamment d'expérience pour faire la distinction. J'aimerais vous voir sourire parfois, même sachant que ce serait un irréparable dommage au masque que vous portez.

— Je suis capable de sourire assez souvent, merci, rétorqua-t-elle ironiquement. Et si cela peut vous retenir de me prendre dans vos bras, alors je sourirai sans cesse. Peut-être n'ai-je pas d'expérience, mais j'ai quelques connaissances, et c'était bien une caresse.

— D'où sortez-vous toutes ces connaissances?

— D'un homme.

— Je doute que vous en ayez jamais connu un.

— Mon cousin Michael a été mon constant compagnon pendant près de cinq ans.

— Le petit chien qui vous suivait partout à Las Vegas, ramassant votre monnaie! Je le répète, vous n'avez jamais connu d'homme.

Robin s'était levé avec un ricanement de dérision, ne laissant aucun doute sur son opinion de Michael.

— Et vous croyez en être un...

— Je pourrais bien décider de vous le prouver un jour!

Il semblait presque s'ennuyer tandis qu'il examinait le visage et les beaux cheveux d'Alisa.

— Ne perdez pas votre temps!

— Cela ne m'arrive jamais.

Regardant par-dessus l'épaule de sa femme, il agita la main.

— Nous sommes ici, Paul. As-tu vu Christine?

— Elle gambadait dans le hall en direction de la salle à manger quand je descendais l'escalier.

— Nous sommes tous prêts, en ce cas.

Robin se plaça entre Paul et Alisa et les mena à la salle à manger. Christine était appuyée à une chaise, un pied posé sur une autre, et regardait d'un air sombre la table élégamment dressée avec ses chandeliers et son bouquet artistique.

— Qu'y a-t-il? demanda Alisa à voix basse en installant sa jeune sœur qui continuait à bouder.

— Je parie que je n'aurais jamais d'hamburger-frites ici! s'exclama Christine sans faire aucun effort pour baisser sa voix qui résonna avec une netteté embarrassante.

Le rire de Robin étouffa l'effort d'Alisa pour réprimander sa sœur.

— Ne la grondez pas. Elle est tout simplement franche, dit-il. Je suppose que nous pouvons nous arranger avec la cuisinière pour que tu puisses avoir ton hamburger-frites de temps en temps. Qu'en dis-tu, Chris?

— Formidable! accepta-t-elle les yeux brillants.

— Tu vois, c'est le premier dîner que vous prenez ici, dans votre nouvelle maison, et je pense que Mme March a voulu vous impressionner toutes les deux, expliqua Robin dont la patience vis-à-vis de Christine stupéfiait Alisa.

Il n'y avait pourtant pas de gentillesse sur son visage. Alisa décida que c'était son autorité qui lui avait permis de gagner Christine — et de nouveau elle ressentit une irritation croissante devant son pouvoir de domination sur tous les êtres qui l'approchaient. Tous sauf elle-même; elle resterait hors de son emprise. Elle ne reconnaîtrait jamais son droit suzerain.

Elle prit aussitôt la conversation en main et centra son intérêt sur Paul Andrews, le questionnant sur son travail aux vignobles Stuart; elle ne montra aucune surprise en apprenant qu'il était chargé des ventes et des relations publiques. Avec sa grande gentillesse, Paul avait une personnalité attachante, et sa famille, fortunée, était très influente dans cette région de l'état de Californie. Sa faiblesse résidait dans l'amour obsessionnel qu'il portait à Alisa, seul bien que ni son argent ni son nom n'avaient pu lui procurer. Cela dit, il pouvait être charmant quand il le voulait. Et ce soir, sous le regard attentif de la jeune femme, son amertume fondit peu à peu, et il répondit avec enthousiasme à l'intérêt qu'elle lui montrait.

Depuis le consommé jusqu'aux crudités, pendant le plat de poisson puis la viande, et enfin le dessert, Alisa avait pu sentir le mécontentement de Robin à lui voir monopoliser Paul. Plusieurs fois elle lui avait souri plutôt gentiment, en lui demandant son avis sur tel ou tel point, mais elle se tournait aussitôt vers Paul sans lui laisser le temps de répondre. Finalement il proposa d'aller au salon déguster la dernière bouteille du muscat produit par ses caves. Cette fois lorsque Paul voulut conduire Alisa, Robin prit celle-ci par le coude et fit signe ironiquement au jeune homme de les précéder.

Dans le salon, Christine se précipita près du chien allongé sur un tapis persan devant la cheminée et s'assit près de lui. Alisa, avec l'idée de décourager toute tentative d'intimité de Robin, s'installa dans un large fauteuil proche du sofa sur lequel se trouvait Paul. Mais, après avoir passé les verres remplis de vin doré, Robin vint se percher sur un des accoudoirs du siège de sa femme et laissa son bras libre sur le haut du dossier, bien placé ainsi pour remettre en place les petites mèches folles de sa nuque. Robin et Alisa étaient immanquablement réunis dans l'angle de vision de Paul; ainsi toute remarque qu'il faisait s'adressait obligatoirement aux deux. Avec subtilité, sans qu'Alisa s'en rendît pratiquement compte, Robin accapara la conversation, choisissant comme sujet la vigne et les vendanges. Comme la jeune femme levait les yeux sur lui pour tenter de définir son humeur, il remit en place d'un geste intime une mèche vagabonde. Elle sut à ce moment qu'elle le haïssait, violemment et totalement. Mais il se contenta de rire doucement lorsqu'elle éloigna sa tête de la caresse importune, raillant ouvertement sa tentative de fuite.

— Je pense que votre sœur a eu une longue journée. Il est temps que vous la couchiez, Alisa.

Alisa lança un regard coupable vers la cheminée et la tête auburn qui dodelinait près du chien endormi. Sa sollicitude pour sa sœur l'empêcha de relever le ton de commandement de Robin. Elle pria rapidement Paul de l'excuser, ajoutant aimablement qu'ils se verraient souvent, ce qui amena un nouveau regard réprobateur de Robin.

— Dès que Christine sera endormie, vous viendrez nous rejoindre.

A nouveau ce n'était pas une invitation, mais un ordre. Mais Alisa répondit par son faux sourire affectueux pendant qu'elle demandait à Christine de dire bonsoir, heureuse de quitter la pièce et la présence étouffante de son mari.

Une heure plus tard, après lui avoir donné son bain, Alisa borda sa sœur dans son lit, l'assurant en souriant qu'elle serait dans la chambre voisine et laisserait ouverte la porte de communication au cas où Christine aurait besoin d'elle. Il n'était pas question pour elle d'obéir à Robin et de retourner au salon.

S'il lui avait fallu revoir ce soir ces cheveux et ces yeux sombres, ce visage aristocratique qui lui semblait toujours l'accabler de son mépris, elle se serait mise à crier. Aussi enleva-t-elle sa blouse verte et sa longue jupe blanche, et enfila-t-elle son peignoir de satin. Elle s'assit devant la coiffeuse et entreprit de se débarrasser de son léger maquillage. Après l'application de sa crème de nuit qui donnait à son visage légèrement hâlé un éclat doré, Alisa libéra ses cheveux et se mit à les brosser vigoureusement.

L'électricité crépitait dans sa longue chevelure. Alisa se hérissait intérieurement de la haine qu'elle vouait à l'homme qui était devenu son mari. Il était si arrogant, si sûr de lui, le type même du mâle supérieur! Penser à lui la rendait malade. Même à ce moment-là dans ce lieu inviolable qu'était sa chambre, Alisa pouvait sentir l'énergie virile de sa présence autour d'elle, l'écraser par la force de sa volonté. Elle se détourna, mais lorsqu'elle dirigea de nouveau son regard vers le miroir, elle y rencontra ses yeux noirs insolents. Il était juste derrière elle, adossé au chambranle.

— Que faites-vous ici? demanda-t-elle lentement, les lèvres serrées, en lui faisant face.

— Vous n'êtes pas redescendue.

Comme elle détestait la façon doucereuse dont il la mettait sur la défensive!

— Je n'en avais pas envie.

Et elle se remit à brosser ses cheveux. Comme il ne lui répondait pas, elle pivota sur son tabouret et l'interpella.

— Ceci est ma chambre. Voulez-vous sortir!

— Dommage que vous n'ayez pas été en bas... J'ai brossé à Paul un tableau très convaincant de la jeune mariée m'attendant à l'étage. Il était fort drôle de le voir pâlir et s'en aller en hâte.

— Je ne trouve pas ça amusant; je suis dégoûtée.

— Qu'y a-t-il? demanda Robin en s'esclaffant. Un élan de conscience bien tardif! Ce n'est pas moi qui ai amené Paul à avaler un tube entier de somnifère. C'est vous encore qui avez parlé de lui comme d'un pauvre sot aux mains moites qui, bien entendu, a raté même son suicide, ce n'est pas moi! Essayez-vous de me faire comprendre que vous l'auriez traité différemment si vous aviez su?

Alisa tourna la tête afin de cacher la rougeur de ses joues dû au mépris de sa propre insensibilité.

— Je ne sais pas, murmura-t-elle, puis, plus nettement : non, je ne l'aurais pas traité différemment. Mais je n'ai pas été aussi cruelle et sans pitié que vous! Savez-vous ce qu'il pensait? Que vous m'aviez amenée ici pour lui, que vous m'aviez persuadée de lui donner une autre chance. Jamais je n'ai éprouvé tant de pitié que quand vous lui avez brutalement annoncé notre mariage. Vous auriez pu avoir le tact de le lui apprendre avec ménagement. Au lieu de cela vous m'avez brandie sous ses yeux comme si j'étais un trophée...

— Vous n'êtes pas un trophée; tout juste le lot de consolation... Dorloter quelqu'un, l'abreuver de pitié, ne trempe pas sa volonté. Si vous aviez voulu coopérer avec moi ce soir, au lieu de me combattre, nous aurions pu beaucoup pour lui.

— Et en quoi me laisser caresser par vous aurait-il pu faire du bien à Paul?

— J'ai répondu à cette question plus tôt dans la soirée et n'ai aucune intention de me répéter! Tout au moins m'avez-vous fait savoir la véritable raison pour laquelle vous n'êtes pas redescendue. Vous aviez peur de moi... ou plutôt de mes hommages, aussi innocents soient-ils!

— C'est un mensonge! ragea Alisa. Vous me dégoûtez et vous me révulsez, mais je n'ai peur ni de vous ni de votre étalage de virilité devant les autres. Nous avons conclu un arrangement d'affaires. Toutes les idées supplémentaires au sujet de cet accord sont totalement erronées. Je méprise l'espèce mâle dans son ensemble, et spécialement vous, Monsieur Stuart!

— Cette dispute couve depuis hier, déclara Robin en haussant les épaules. Me provoquez-vous délibérément, ou est-ce seulement votre subconscient qui désire que je vous fasse l'amour?

La colère à ces mots, déferla sur Alisa. Brandissant la brosse, elle se précipita sur Robin. Il se saisit de son bras, le tordit jusqu'à ce qu'elle lâche l'objet avec un cri de douleur. Elle lutta alors, s'attaqua de sa main libre au bras qui la retenait. Il s'en empara aisément et le retint ainsi que l'autre dans le dos d'Alisa. En même temps, il la serrait fort contre lui.

— Je vous hais! siffla-t-elle contre sa poitrine.

— Avez-vous l'intention de me le faire croire? pouffa Robin, lui tournant le menton pour l'obliger à le regarder. Vous saviez que cela se terminerait ainsi quand vous vous êtes lancée dans cette attaque pathétiquement féminine. Vous saviez que vous finiriez dans mes bras.

Un frisson parcourut Alisa, et elle connut un moment de peur : s'il y avait un peu de vrai dans ses paroles? Mais c'était impossible. Seule la colère soulevée par l'incroyable fatuité de Robin l'avait poussée à agir, oubliant, dans son élan de rage, la supériorité physique de son mari.

— Vous êtes incroyablement prétentieux! s'exclama-t-elle, ayant presque complètement recouvré son calme.

— J'imagine ce que devait ressentir le Petrucchio de Shakespeare, obligé d'apprivoiser la mégère... Je pourrais vous contraindre à m'aimer. Mais ce n'est pas prévu dans notre contrat. Les deux cent mille dollars ont servi à vous procurer mon nom et ma maison. Aucune clause n'établissait que je doive vous prendre aussi dans mon lit, n'est-ce pas? Bien que ce soit incontestablement mon droit de mari.

— Je ne vous le permettrai jamais! rétorqua Alisa, indignée de l'entendre suggérer que la décision appartenait à lui, et à lui seulement.

— Mettons les choses au point, Alisa, lança Robin en colère. Je ne tiens pas à vous prendre.

Alisa se raidit sous l'arrogance de la phrase. Elle ouvrait la bouche pour lui faire une réponse bien sentie, lorsqu'elle entendit une petite voix accusatrice à l'autre bout de la pièce :

— Vous m'avez réveillée!

— Chris! murmura Alisa, qui s'était immédiatement tournée vers la silhouette menue en pyjama.

— Cela tombe à merveille pour vous! railla Robin,

qui pivota élégamment sur ses talons et quitta la chambre.

Il fallut à Alisa près de vingt minutes pour calmer Christine et l'endormir. Alors, elle retourna à sa chambre. Elle s'assit sur le bord du lit et se massa les poignets. Les endroits douloureux, souvenir des fortes mains de Robin qui avaient emprisonné les siennes, la firent à nouveau trembler de colère. Colère qui l'amena à se rendre compte que, physiquement en tout cas, il pouvait la dominer. Et, tout en remerciant le ciel qu'il ne la désirât pas, Alisa savait maintenant que ses deux seules armes étaient sans effet contre lui. La première était sa fortune, dont Robin avait déjà une part appréciable, et la seconde était sa beauté rayonnante. Mais Robin avait rendu très claire son indifférence à ce sujet.

La nuit d'Alisa fut agitée, peuplée d'images sombres.

3

Christine et Alisa se levèrent tard le lendemain matin. L'enfant était déjà toute prête pour cette nouvelle journée; elle dansait et sautillait d'impatience en attendant sa sœur qui terminait son léger maquillage. Dans la pièce du matin, elles furent informées par la gouvernante que Robin s'était levé à six heures. Son ton indiquait combien elle désapprouvait leur réveil tardif. Mais le petit déjeuner leur fut très vite servi.

Le soleil de juillet était au zénith lorsque Christine réussit enfin à décider sa grande sœur à sortir. Alisa portait une robe-chemisier à longues manches : le tissu en était très léger, imprimé de fleurs bleues sur fond blanc et la protégeait efficacement du soleil. Elle savait depuis longtemps qu'un léger bronzage doré convenait mieux à ses cheveux blond clair que le hâle brun cuivré recherché par la plupart des femmes. Christine de son côté, avec ses cheveux auburn, récoltait de nouvelles taches de rousseur à chaque sortie.

Toutes deux se mirent à flâner sous les grands chênes qui entouraient la maison. Elles s'arrêtèrent un instant près de la barrière qui les séparait des vignes dont les rangées de plants étaient à peine discernables. Mais Alisa était trop préoccupée pour écouter les nombreuses questions de sa sœur. Aussi finalement Christine s'adressa-t-elle à sa propre imagination pour se distraire; elle rassembla brindilles et brins d'herbe afin de construire une maison pour le petit peuple qui habitait le gros chêne creux.

Lorsque Christine fut profondément absorbée par sa tâche, Alisa laissa ses pensées vagabonder librement. Inévitablement elles menaient toutes à Robin. Alisa se savait séduisante; il n'y avait dans cette certitude aucune vanité, mais un effet du bon sens. Sa beauté aurait dû attirer Robin. Cependant il semblait l'admirer et en même temps la repousser. Sa fortune et sa beauté avaient toujours été ses meilleurs atouts, qui lui avaient procuré une longue liste d'admirateurs. Il était vrai qu'aucun d'entre eux ne lui avait jamais vraiment plu, mais ils étaient là, sous son contrôle. Ce qui n'était pas le cas de cet homme volcanique et imprévisible qu'elle avait épousé.

La veille, Alisa avait tenté de prendre position, en lui faisant savoir qu'elle n'avait aucune intention d'obéir à ses ordres. Mais elle s'était seulement attiré des insultes caustiques sur son caractère. Et elle avait été assez folle pour perdre son sang-froid. Robin n'avait pas manqué d'en tirer avantage. Au souvenir de la violence contenue avec laquelle il avait si facilement jugulé son attaque, Alisa fut contrainte d'évoquer en même temps l'aisance avec laquelle il avait réussi à la serrer contre sa poitrine. Dans le passé, elle avait fui tout contact de ce genre avec un homme. Elle aurait pu compter sur les doigts d'une main les très rares exemples du contraire. C'était sans doute pour cela, se dit-elle, que ses défenses avaient faibli en sentant près du sien ce corps solide et fort. Ses sens avaient été éveillés, et elle avait eu une conscience aiguë des bras la retenant prisonnière, du parfum masculin de son eau de cologne, et de son haleine dans ses cheveux. Mais c'est encore la douceur envoûtante, séductrice, avec laquelle il lui avait déclaré qu'il aurait pu la contraindre à l'aimer qui l'avait le plus émue. Dans le moment même elle avait réussi à lui exprimer son mépris d'une telle affirmation. Cependant le souvenir était encore vivace du trouble étrange qu'elle avait ressenti.

Robin l'avait libérée aussitôt et avait affirmé avec irritation que leur mariage était une comédie et le resterait aussi longtemps qu'il lui plairait de faire durer cette situation. En dépit de ses protestations hardies, Alisa était obligée de le reconnaître : c'était lui qui avait l'initiative. Et, bien qu'elle ne l'ait pas montré, elle avait été effrayée. Une part d'elle-même aurait voulu se faire toute petite devant la colère de Robin. Elle avait lutté seule trop longtemps. Aussi ne pouvait-elle s'empêcher de se demander ce qui serait arrivé si Christine n'avait pas interrompu leur dispute où aucun ne pouvait permettre à l'autre de vaincre.

Alisa avait tout à fait sous-estimé Robin. Le mariage avait représenté pour elle la solution aux conditions posées par le testament de sa mère, le sacrifice de ses propres principes dans l'intérêt de sa sœur. Elle avait choisi Robin, convaincue de le mener à la baguette. Mais elle avait lamentablement échoué. Sa fortune n'était plus un appât valable. Sa froideur devenait pour lui l'objet d'un dressage. Bien qu'elle eût jadis considéré son apparence physique comme un atout, elle était soulagée que cette arme n'ait aucun effet sur Robin. Il était évident qu'il pouvait être brutal s'il voulait vraiment quelque chose ou quelqu'un. Pour une fois elle avait de la chance de ne pas être désirée, même si une petite corde féminine quelque part en elle vibrait de curiosité quant à la raison de cette indifférence.

Puisque sa froideur ne réussissait pas à le maintenir à distance, que d'autre part si elle perdait son sang-froid cela augmentait sa rage, la seule solution était de l'éviter le plus possible. Elle et Christine se construiraient un petit monde à part, dont serait exclu Robin Stuart.

Après tout, pensa Alisa, sans carburant un feu ne peut pas brûler... ni griller ceux qui s'approchent trop près.

Soulagée par sa décision, Alisa se tourna vers Christine qui avait déjà construit toute une série de maisons en miniature. Un bruit de martèlement lui parvint à travers les arbres, et la jeune femme regarda dans cette direction. La vue d'un cheval et de son cavalier semblait incongrue dans ce paysage de vignoble. La petite silhouette montant le cheval bai était visiblement féminine; elle portait un pantalon noir et une chemise rouge sans manches. Quelqu'un avait dû l'appeler, car Alisa vit la jeune fille tirer fortement sur les rênes, contraignant le cheval à tourner.

Au loin, près de l'un des celliers, Alisa aperçut Robin, l'air à la fois détendu et très correct en bras de chemise et pantalon beige. Le cheval s'arrêta devant lui dans un pas de danse, et sa cavalière resta toute droite sur la selle. Ils étaient trop loin pour qu'elle pût entendre leur conversation, mais il était évident que la fille aux cheveux noirs était en colère; pourtant l'attitude de Robin était nettement indifférente. Soudain la cavalière leva le bras pour frapper avec sa cravache. Robin leva une main pour arrêter le coup et de l'autre fit descendre la jeune fille de sa selle. Alisa put voir Robin rire pendant que sa prisonnière se débattait vainement entre ses bras.

Puis il y eut une trêve. La bouche de Robin bougeait. Alisa ne sut pas ce qu'il avait dit, mais la fille se suspendit à son cou et attira son visage contre le sien. Alisa ressentit une nausée; cependant, elle ne pouvait s'empêcher d'observer la passion croissante de leur étreinte. Finalement elle ferma les yeux; elle ne pouvait plus supporter l'abandon avec lequel cette fille s'offrait à Robin.

Elle haïssait et méprisait Robin Stuart! Elle tremblait de tout son être. C'était un animal, une bête! Oh! Comme elle souhaitait ne jamais le revoir! Comment pouvaient-ils être assez grossiers pour se comporter ainsi, là où chacun pouvait les voir! Alisa se tourna, inquiète, vers Christine. Dieu merci, la petite n'avait rien vu.

4

A l'heure du déjeuner, Nora informa Christine et Alisa que Robin ne partagerait pas leur repas. On lui porterait des sandwiches sur place. Malgré le désappointement de Christine, Alisa put à peine dissimuler son soulagement de n'être pas contrainte à s'asseoir à la même table que lui. Elle renouvela mentalement et avec force son vœu de l'éviter.

Lorsque arriva le moment du dîner, Alisa avait pu mettre en place ses défenses, en pure perte d'ailleurs, car Robin déploya entre eux le *San Francisco Chronicle*. A la fin du repas, il prétexta un retard dans sa comptabilité et ajouta cyniquement qu'Alisa ne verrait sans doute pas d'objection à se distraire seule. Elle n'avait bien entendu qu'une possibilité : acquiescer, et pourtant elle était d'autant plus irritée que, là encore, c'était lui qui prenait l'initiative.

Ce programme continua ainsi pendant cinq jours, Robin s'assurant toujours les décisions. Il s'arrangeait pour qu'Alisa reste seule. Pas une fois il n'utilisa son cabinet de travail; il sortait toujours pour se rendre à son bureau dans le vignoble. Alisa ne pouvait s'empêcher de penser qu'il avait rendez-vous là-bas avec la cavalière.

Le cinquième soir il se mit à pleuvoir doucement peu

Si vous trouvez que cette initiative est bonne,

Si vous pensez que nous répondons ainsi à vos demandes,

N'hésitez pas à nous le dire.

C'est grâce à vous, à vos commentaires, qu'*HARLEQUIN* peut devenir *votre* monde d'évasion.

HARLEQUIN
48, avenue Victor-Hugo
75116 Paris

après le départ de Robin. Alisa était pelotonnée sur le canapé et essayait de se convaincre de l'intérêt du livre qu'elle lisait. Mais, après les soirées précédentes avec un livre pour seul compagnon, elle commençait à être saturée. Elle s'ennuyait donc; le bruit monotone de la pluie au-dehors jouait sur ses nerfs. Elle alluma une cigarette et, posant le livre, examina rêveusement la trace de son rouge à lèvres sur le filtre.

La sonnerie du téléphone déchira le silence de la pièce, surprenant Alisa par sa violence. Elle attendit tout d'abord que Nora réponde sur le poste du hall, puis elle se souvint que la gouvernante avait déjà regagné son logement. Elle prit le récepteur juste avant la troisième sonnerie. Au moment où elle allait parler, elle entendit la voix de Robin annoncer « Vignobles Stuart ».

— C'est toi qui as commandé cette pluie, Rob? taquina la voix féminine, sourde et sensuelle.

— Eh! Non.

Il y eut une courte pause, puis :

— Excuse-moi, Renée, je crois qu'il y a quelqu'un sur la ligne... Vous pouvez raccrocher maintenant.

Alisa fut suffoquée par son ton sarcastique; elle claqua rageusement l'appareil sur son support, priant que cela leur crève les tympans... Il savait certainement qui était sur la ligne; il n'y avait personne d'autre dans la maison que Christine, et elle dormait. Il avait une aventure avec une autre femme et, malgré cela, il osait sous-entendre qu'elle, Alisa, ne se conduisait pas bien! Au moins, pensa-t-elle avec satisfaction, la pluie avait noyé leur rendez-vous de ce soir...

Le soleil reparut tard dans l'après-midi du lendemain. Une douce brise apportait le goût salé du Pacifique. Alisa contemplait l'air ravi de sa jeune demi-sœur, très occupée par sa poupée, qu'elle avait reçue la veille avec le reste de ses affaires. Alisa eut un léger soupir. Il était nécessaire que l'enfant garde sa sérénité.

Cela lui était une consolation de savoir Christine heureuse, puisque tel avait été le but de son mariage. Alisa aimait profondément sa sœur et ne regrettait pas d'avoir fait ce sacrifice. Mais jamais elle ne s'était autant ennuyée, jamais dans toute son existence elle ne s'était sentie aussi frustrée, aussi désemparée. Et ce qui l'irritait davantage encore, c'était d'être la seule dans ce cas! Si Robin avait connu les mêmes symptômes, elle eût pu ressentir quelque satisfaction. Mais comme elle l'avait appris la veille au téléphone, il était déjà joyeusement embarqué vers d'autres aventures, pendant qu'elle restait seule à la maison, jouant le rôle de l'épouse dévouée.

Nora se montrait toujours à peine polie avec elle. Et il ne pouvait être question pour Alisa de se rapprocher de la cuisinière au caractère si vif, bien qu'elle sût que Christine allait et venait dans la cuisine à sa fantaisie. Robin quittait la maison avant le réveil d'Alisa. Là aussi, Christine prenait invariablement le petit déjeuner avec lui avant d'aller éveiller sa sœur. Il n'existait personne avec qui la jeune femme eût pu se lier, et bien qu'elle aimât tendrement sa petite sœur, celle-ci ne pouvait pas remplacer pour Alisa la compagnie d'adultes dont elle avait besoin.

— Nora m'a dit que vous étiez ici. Puis-je vous rejoindre? demanda une voix masculine depuis la porte de la véranda.

Alisa se leva immédiatement au son de la voix.

— Paul! cria-t-elle, lui tendant les mains, soulagée et ravie. C'est si bon de vous revoir. Venez par ici!

Dans les premières secondes, après l'avoir reconnu, elle avait été partagée entre deux sensations. D'abord le plaisir de savoir à quel point l'ensemble qu'elle portait mettait en valeur sa beauté et ses formes, et par ailleurs la sensation que Paul avait changé. Peut-être était-ce une certaine confiance en soi qui s'ajoutait à son charme naturel.

Maintenant, comme il s'avançait vers elle pour lui prendre la main, elle remarqua qu'il tenait un paquet enrubanné. Elle l'attira vite vers une chaise auprès d'elle, se rassit et lui servit un verre de thé glacé.

— Je n'étais pas très sûr que vous ayez plaisir à me voir, risqua Paul avec un sourire chaleureux et charmant. Surtout après la façon dont je me suis ridiculisé la dernière fois. Sans doute avez-vous été gênée...

— C'est pour vous que je l'étais, et j'étais aussi un peu en colère contre Robin de ne pas m'avoir prévenue de votre présence ici.

— Je vous ai apporté un cadeau de mariage, déclara-t-il en coupant court à ses protestations. C'était bien le moins que je pouvais faire. A vous de décider si vous l'ouvrez maintenant ou si vous attendez Robin pour le faire.

Un cadeau de mariage... Un pas de plus dans la mascarade, pensa Alisa en frissonnant. Mais elle réussit à sourire. Elle ouvrit le paquet et en sortit un ravissant service de verres à vin en cristal de Steuben. Elle n'eut aucun mal à complimenter sincèrement Paul sur leur beauté, mais il lui restait un malaise de devoir accepter un cadeau de mariage, qui créait un lien entre Robin et elle.

— Sans doute cela va-t-il vous sembler étrange, Alisa, mais puisque j'ai moi-même échoué, je suis heureux que vous ayez épousé Robin. Nos familles sont amies depuis des années. Je ne connais personne qui ne le respecte et l'admire.... Je vois que le mariage vous a déjà fait du bien : vous n'êtes plus aussi lointaine. Il y a en vous une chaleur, une compassion que vous n'aviez pas alors.

Avait-elle changé? Alisa se le demandait. Oui, elle était maintenant capable de pitié. Auparavant, elle avait été indifférente aux sentiments de Paul, ne se souciant pas de savoir si elle l'avait blessé. Maintenant, elle s'en préoccupait. Quelque chose lui faisait discerner en lui un enfant, assez semblable à Christine. Pourquoi n'avait-elle pas senti chez lui ce manque total d'égoïsme? Elle avait été si prompte à le condamner, à rire de ses déclarations d'amour pathétiques. A présent, elle se demandait en conscience si c'étaient les déclarations de Paul qui étaient pathétiques ou sa propre réaction. Alisa refusait d'envisager cette question. Pour le moment ce qui comptait c'était la certitude que Paul pouvait être un véritable ami, le premier qui n'ait jamais rien désiré d'autre que son bonheur.

Toujours avec cette sincérité qui la surprenait elle-même, elle entreprit de le questionner sur sa propriété, sa famille, sa vie. Elle admirait sa fierté lorsqu'il parlait avec tant d'affection de ses parents, ou tant de sérieux de son travail au vignoble.

Finalement, fatiguée de jouer seule, Chris interrompit leur conversation. Elle les entraîna en toute candeur dans une partie de ballon.

Deux fois Alisa se surprit à rire franchement aux esquives caricaturales de Paul. Il lui aurait honnêtement été impossible de se souvenir de la dernière fois où elle avait ri en compagnie d'un adulte, même de Michael. Enfin Paul intercepta la balle, et ce fut le tour de Christine de se placer au centre. Avec un sentiment d'épanouissement, Alisa comprit que c'était ainsi qu'elle avait toujours imaginé une vraie famille. Lorsqu'elle prit son tour au centre, elle esquissa un sourire de gratitude vers Paul, inconsciente du changement radical de son expression animée par rapport à la froide distinction qu'il lui connaissait. Chris lança la balle très haut, au-dessus de la tête de sa sœur, et rit de la voir sauter en l'air pour tenter de l'attraper. Mais une des sandales d'Alisa glissa sur le gazon humide. Elle serait tombée si Paul ne l'avait retenue par la taille pour l'aider à reprendre son équilibre.

Elle s'était tordu la cheville et ne put retenir un petit cri de douleur lorsqu'elle porta son poids sur ce pied. Paul insista immédiatement pour l'aider à gagner un siège du patio et il s'agenouilla pour examiner la cheville malade. Alisa protesta, mais elle fut néanmoins réconfortée par sa sollicitude inquiète. Celle-ci était contagieuse car Christine vola pour apporter à sa sœur ses cigarettes et son verre de thé... Elle aurait tout fait pour compenser sa part involontaire dans l'incident.

Ces soins lui étaient agréables, mais Alisa finalement insista pour se relever, désireuse de montrer qu'elle n'était pas sérieusement blessée. Paul la maintint solidement tandis qu'elle parcourait sans boîter le patio de long en large.

— Vous voyez, ça va très bien. J'ai seulement eu mal tout de suite après.

— Vous m'avez fait peur! s'écria Paul. Il vaut mieux que nous interrompions le jeu pour le moment, Chris. Le gazon est trop glissant : la prochaine fois, ce pourrait être grave.

Un peu plus tard, il prit congé.

— Je dois partir, Alisa. Je n'avais pas l'intention de rester si longtemps.

— Je suis heureuse de votre visite et j'espère que vous viendrez souvent, dit Alisa, chaque mot étant l'expression de sa pensée, fait rare chez elle.

— Pas trop souvent, objecta Paul en souriant. J'aurais horreur de rendre Robin jaloux.

— Peu importe ce qu'il pense! s'exclama-t-elle en feignant de plaisanter. Chris et moi serons ravies de vous voir à tout moment... Je vais vous reconduire à votre voiture pour que vous soyez tout à fait rassuré sur ma cheville.

Paul protesta, mais Alisa sentit que ce n'était qu'à moitié sincère. Au bord de l'allée du garage, il insista pour qu'elle n'allât pas plus loin, afin de ne pas risquer de salir ses sandales. Il lui prit la main pour lui dire au revoir et la garda beaucoup plus qu'il n'était convenable, mais Alisa ne s'en formalisa pas. Lorsqu'il se fût éloigné, agitant la main, Alisa fut incapable de se souvenir si ses paumes étaient réellement moites comme elle le prétendait jadis. Ce portrait méprisable de lui avait disparu de son esprit, remplacé par l'image qui s'était formée aujourd'hui. Elle resta ainsi plusieurs minutes, debout au bord de l'allée, les yeux sur la voiture, la regardant disparaître à l'horizon.

— Touchante petite scène!

Le visage d'Alisa se figea. Elle tourna la tête et découvrit Robin juste derrière elle. Elle avait senti dans ses paroles une note de colère qui leur prêtait une qualité différente d'un simple commentaire. Bien que la voiture de Paul fût hors de vue, Alisa regarda à nouveau vers la route.

— Vous auriez dû envoyer quelqu'un me prévenir qu'il était là, poursuivit Robin.

Cette fois Alisa se retourna tout à fait et le regarda froidement dans les yeux.

— Je ne crois pas qu'il soit venu pour vous voir.

— Que voulait-il?

— Je pense qu'il désirait s'excuser de m'avoir embarrassée lors de sa dernière visite.

— Et combien de temps lui ont pris ces excuses?

— Environ une heure, dit-elle sur le ton du défi.

— Je croyais vous avoir demandé clairement de ne pas l'encourager. J'aurais pensé que vous lui aviez fait assez de mal la dernière fois. Pourquoi risquer de lui laisser croire que vous appréciez ses attentions maintenant que vous êtes mariée? Ne l'avez-vous pas assez blessé?

— Je n'ai absolument rien fait dans ce sens. Je n'attends de lui que son amitié. J'ai passé un agréable après-midi en bonne compagnie, voilà tout.

— L'amitié est impossible entre un homme et une femme. L'état platonique auquel vous faites allusion n'est pas vraisemblable pour deux êtres, normaux et sains, de sexe opposé. Peut-être n'êtes-vous pas encore assez expérimentée pour connaître ce fait, mais vous ferez bien de l'accepter pour vrai. Comme vous êtes ma femme, je n'ai aucune intention de laisser vos relations avec Paul prendre un tour équivoque.

— L'infaillible seigneur et maître a parlé! Et comment dois-je envisager vos propres rapports avec cette Renée? Etes-vous juste des camarades, ou des amants?

La colère de Robin fit momentanément place à une expression moqueuse.

— Je me demandais quand vous vous décideriez à aborder ce sujet. Sans doute vous rappelez-vous que je vous ai clairement prévenue de mon intention de ne pas rester fidèle. Je le savais, l'iceberg que j'épousais serait chaste pour deux.

— Vous ne croyiez tout de même pas que j'allais pardonner un adultère commis juste sous mon nez? Je n'ignore pas quel genre d'homme vous êtes. La seule chose que je vous demandais, c'était un peu de discrétion. Apparemment vous n'en n'êtes pas capable!

— Vous ne savez pas de quoi vous parlez, Alisa. Je vous conseille d'arrêter là cette conversation, avant de me pousser à bout.

Il se dominait visiblement, mais elle ignora son avertissement.

— Nierez-vous qu'on vous a vu embrasser Renée d'une façon très... expressive, près de votre bureau? J'avais cru comprendre qu'auparavant vous faisiez votre comptabilité à la maison. Qu'est-ce qui vous a fait changer vos habitudes?

— En voilà assez Alisa!

— Ah oui? Et comment vous proposez-vous de me faire taire?

La lueur du regard de Robin l'inquiéta bien un peu, mais elle garda son air assuré.

— Je pense que vous aimeriez me prendre en défaut.

Vous pourriez du même coup vous convaincre de la justesse de tous les sinistres desseins que vous me prêtez. Vous savez aussi que je ne suis pas disposé à tendre l'autre joue. Vous avez beaucoup trop d'orgueil et d'amour-propre. Tout ce qu'il vous faut c'est qu'on vous contraigne à descendre quelques marches de votre piédestal.

Alisa déglutit nerveusement et tenta de chasser l'impression qu'il lui faisait d'un chat sauvage guettant sa poie. Elle s'apprêta à s'éloigner afin d'échapper à sa menace. Mais il lui saisit le poignet avec force, et quand elle tenta avec son autre main de se délivrer, il l'attrapa également. Une lutte s'ensuivit, et juste au moment où Alisa pensait ne pas pouvoir se dégager, Robin la laissa aller. Elle perdit l'équilibre et s'étala, en sandales et pantalon blanc, au milieu de la plus belle flaque de boue de l'allée.

— Je pourrais vous tuer pour ça, Robin Stuart! cria-t-elle dans sa rage impuissante.

Lui n'avait pas bougé et la regardait avec un sourire satisfait, parfaitement insupportable. Elle glissa à deux reprises en essayant de se relever, avec un regard noir pour Robin qui ne faisait pas un geste pour l'aider. Lorsqu'elle eût réussi à patauger jusqu'au gazon, Christine avait rejoint Robin et regardait bouche bée sa sœur couverte de boue.

— A l'arrière de la maison, près de la cuisine, vous trouverez un vestiaire avec une douche, ricana Robin.

— Que s'est-il passé? chuchota Christine.

Mais un regard irrité de sa sœur lui fit savoir qu'elle n'avait pas à espérer de réponse. Alisa se dirigea rageusement vers la maison, consciente d'être suivie à distance respectueuse par Robin et Christine. Elle pouvait entendre les gloussements de sa jeune sœur et la voix rieuse de Robin lui faisant des remontrances. Pendant deux secondes elle eut envie de prendre l'entrée principale afin de souiller de boue les dalles immaculées, mais elle ne put s'y résoudre, malgré son désir de se venger sur Robin de son humiliation. Elle passa par la porte de derrière, où elle fut accueillie par une Nora ahurie. Elle redressa les épaules et rassembla tout ce qu'elle put de dignité.

— Voulez-vous me conduire au vestiaire pour que je puisse me nettoyer? Et apportez-moi des serviettes. Ensuite montez à ma chambre chercher mon caftan lavande et des mules.

Nora acquiesça silencieusement et la conduisit à la douche en passant par la cuisine. Là-dessus Christine arriva.

— Rob a dit que tu aurais besoin d'un bon shampooing!

Elle mit une main sur sa bouche pour étouffer un rire.

— Christine, si c'est ainsi que tu m'aides...

— Je n'y peux rien, tu as l'air si drôle! Cette fois, elle pouffa franchement.

Alisa regarda son pantalon jadis blanc, la bizarre traînée brune sur sa taille nue, et les taches de boue sur son haut bleu. Avec un sourire résigné, elle dut bien admettre qu'elle devait être passablement ridicule.

— Bon... dehors, chipie! Je dois me déshabiller avant que cette saleté durcisse sur ma peau...

Christine succomba à un autre fou rire avant de quitter la pièce. Alisa se déshabilla rapidement, régla la température de l'eau, puis entra sous la douche. Elle était occupée à frictionner ses longs cheveux lorsque Christine réapparut.

— Je suis censée t'annoncer que le dîner sera servi dès que tu seras prête. Robin a dit que tu n'avais pas besoin de t'en faire pour la façon dont tu seras habillée car c'est un repas très simple.

Alisa déclara qu'elle arriverait dans quelques minutes. La porte s'était à peine refermée sur sa sœur qu'elle grommela quelques mots bien sentis à l'adresse de Robin Stuart.

Ainsi je n'ai pas à me préoccuper de mon apparence, pensa-t-elle amèrement. Comme s'il y avait jamais fait attention... Elle se débarrassa de la serviette de bain et enfila ses dessous et le caftan aux impressions bleu lavande. Elle peigna rapidement ses cheveux dorés, se fit une raie médiane et les laissa librement tomber sur ses épaules. Elle décida de ne pas se maquiller; après tout, le seigneur et maître attendait.

Lorsqu'elle arriva à la salle à manger, la gouvernante l'informa que le dîner ce soir-là serait servi dans le patio. Elle s'y rendait lorsqu'elle vit par la porte-fenêtre, Robin penché au-dessus du landau de poupée de Christine : il réparait une des roues. C'était un curieux tableau; cet homme si réaliste appliqué avec tant de concentration sur un jouet. Quand il eut fini, il hissa l'enfant sur son épaule et fut dûment récompensé par un baiser.

Alisa fit tout le bruit possible en entrant dans le patio. Mais si elle avait pensé interrompre ainsi la petite scène d'intimité qu'elle avait surprise, elle se trompait. Quand elle dirigea enfin son regard vers eux, Christine était toujours dans les bras de Robin, et tous deux la fixaient en cachant mal leur amusement.

— Voilà ta sœur. J'ai l'impression que nous sommes prêts pour le dîner, sauterelle, dit Robin à Chris en la posant doucement sur ses pieds.

Puis, à Alisa :

— Le menu a été composé ce soir en l'honneur de la petite sœur : hamburgers, frites et glace. Tout un programme pour des gourmets!

— Et nous avons des pickles, du ketchup, de la moutarde, des oignons, des tomates et du gruyère, absolument tout ce qu'on peut mettre sur des hamburgers. Viens voir, Lisa! Christine tirait sa sœur par la main.

Alisa rencontra le regard admiratif et ironique de Robin qui lui fit clairement comprendre que sa chute inélégante dans la mare boueuse n'avait pas altéré sa beauté. Elle mourait d'envie de lui reprocher sa grossièreté, mais il lui opposerait un mépris amusé. Elle se décida donc pour un air d'indifférence narquoise, se laissant guider par Christine vers la table dressée comme pour une fête. Alisa réussit à prendre plaisir au repas en concentrant son attention sur Christine qui, dès que son appétit eût été satisfait, se précipita sur son landau et le poussa à travers la maison. Alisa se trouva seule en compagnie de Robin.

Le soleil du soir projetait de grandes ombres. Celles des hauts chênes s'étendaient jusqu'au patio. Robin offrit une cigarette à Alisa, en prit une et les alluma toutes deux. La brise était tombée, l'air était presque immobile. Du lointain leur parvenaient les trilles des oiseaux lançant leurs appels nocturnes. Toute la tension et la colère qui avaient habité Alisa étaient étrangement étouffées par la paix du crépuscule.

— Ces longues soirées d'été sont les moments les plus paisibles qui soient, remarqua doucement Robin. C'est le repos avant la saison des vendanges. Lorsqu'on a vécu les vendanges ici, il est difficile de croire à une sérénité comme celle de ce soir.

— Vous êtes un homme étrange, murmura Alisa.

— Vous trouvez?

Cette fois Alisa eut l'impression qu'il attendait sa réponse avec intérêt.

— Vous ne semblez pas être le genre d'homme à posséder ou exploiter un vignoble, sauf peut-être comme une sorte de violon d'Ingres à prendre ou à laisser suivant votre fantaisie.

— Quelle sorte d'homme croyez-vous que je sois?

— Je vous vois comme un brasseur d'affaires, apte à diriger, à traiter et à manipuler les gens pour qu'ils exécutent vos ordres. L'image de vous en vigneron ne me paraît pas appropriée. Je ne peux vous imaginer soumis aux caprices du soleil, du vent, du climat.

Pourquoi n'avez-vous pas pris la succession de votre père?

— Oui, mon père était un homme puissant, un important personnage. Mais vous ignorez que ma mère l'avait voulu ainsi. Lui n'était jamais plus heureux qu'ici, aux vignobles Stuart. L'endroit était pratiquement à l'abandon lorsqu'il l'a acheté. Il rêvait de produire un vin de renommée nationale. Il n'y a aucune joie durable à dominer les autres, mais le défi de la Nature est éternel.

Le sourire de Robin était celui d'un adulte à un enfant, de quelqu'un qui sait à quelqu'un qui doit apprendre.

— Dans ce cas, pourquoi essayez-vous de me dominer?

— Tout ce que je fais, c'est vous empêcher de me dominer, expliqua-t-il doucement, sans nulle trace de rancœur... Et vous vous y employez, Alisa, de toutes vos forces! C'est pathétique.

Sous son regard subtil et perçant, Alisa ne put tenir; elle se leva et marcha vers un gros chêne à l'angle du patio. Oui, elle le sondait sans cesse, essayant de voir s'il lui permettrait de trouver le défaut de la cuirasse. S'il serait aussi faible que tous les autres et céderait à ses caprices. Elle regarda le ciel pourpre strié de rose, consciente de la présence de Stuart qui s'était arrêté à quelques pas d'elle. Elle tourna vers lui ses yeux bleus tout troublés.

— Vous paraissez curieusement vulnérable en ce moment même. Pas tellement plus âgée que Christine, avec vos cheveux sur vos épaules et votre visage libre des artifices de la panoplie féminine...

En effet, Alisa se sentait vulnérable. Elle ignorait comment accueillir cette gentillesse inattendue. Certaines de ses défenses lâchaient, et cela l'effrayait. Elle lui tourna le dos et contempla la lune qui semblait posée sur une branche.

Il glissa ses mains sous les longs cheveux et entreprit de masser avec douceur les muscles tendus de son cou.

— Vous faites de tels efforts pour être indépendante et forte ! Vous relevez vos cheveux, couvrez votre visage d'un maquillage sophistiqué et enfermez votre cœur dans sa chape de glace. Vous avez chargé le monde sur vos épaules...

Sa voix était un murmure doux et caressant qui bizarrement apaisait Alisa, l'hypnotisait. Il poursuivit :

— Vous avez pris l'entière responsabilité de Christine et vous refusez l'aide de quiconque. N'avez-vous jamais souhaité que quelqu'un se charge de *vous ?*

Quel qu'eût été son désir d'admettre une telle pensée, Alisa ne pouvait réellement le faire. Mais elle parla néanmoins et, dans son hésitation, parvint à exprimer une pensée très voisine.

— Je me suis souvent demandé comment était mon père. S'il était doux et gentil, ou fort et énergique... J'étais encore une enfant quand il est mort, et ma mère s'est remariée si souvent par la suite...

Elle ne se rendit pas compte du léger relâchement de ses épaules, ni qu'elle se trouvait appuyée à la poitrine de Robin. Il massait maintenant le haut de ses bras.

La langueur de la nuit d'été, la tendre caresse des doigts de Robin, et le doux murmure de sa voix se mêlaient. Alisa se sentit transportée dans un monde constitué en partie par la réalité de la chaleur des mains sur sa peau, en partie par l'illusion de la sécurité d'un père qu'elle n'avait jamais connu. Comme ç'eût été merveilleux d'avoir un père, de savoir qu'il serait toujours là quand vous auriez besoin de lui, pensa Alisa ; merveilleux d'être aimée juste pour vous-même, et non pour votre beauté, vos talents ou votre fortune.

— Sortez de vos rêves, Alisa. Votre père n'était pas un parangon de toutes les vertus. Tous les êtres humains ont des pieds d'argile. Votre père aurait aussi bien pu être un des éternels perdants de ce monde.

Alisa se dégagea vivement et lui fit face.

— Comment pouvez-vous dire cela! Vous ne l'avez pas connu! Vous ignorez ce qu'il était!

— Vous aussi. Vous êtes belle et désirable. Je voudrais simplement que vous ne confondiez pas les attentions masculines et une affection paternelle. Il n'existe pas d'homme fait qui pourrait vous regarder avec un sentiment paternel, pas plus moi qu'un autre.

— Vous êtes un type pompeux et arrogant, siffla Alisa. Je n'ai pas atteint l'âge de vingt-quatre ans sans avoir appris cette leçon par moi-même...

— J'en suis ravi. Je serais navré de vous voir confondre vos rêves avec la réalité.

— Rob, téléphone pour vous! appela Nora.

— Cela doit être Renée. Auriez-vous manqué un autre rendez-vous? lança Alisa avec dépit.

— Je vous l'ai déjà dit : vous ignoriez de quoi vous parliez. Mais puisque vous avez décidé de ne pas me croire, j'insiste pour que vous gardiez votre opinion pour vous!

Les yeux de Robin lançaient des éclairs d'avertissement qu'elle ignora d'un haussement d'épaules. Il hésita un instant comme s'il voulait discuter ce point avec elle, avant de se diriger rapidement vers la maison.

Il revint quelques minutes plus tard pour annoncer à Alisa que le coup de téléphone venait de sa mère. Il ajouta d'un ton sarcastique que celle-ci viendrait de San Francisco déjeuner avec eux le dimanche de la semaine suivante; elle désirait faire la connaissance de sa bru. Après avoir transmis le message, Robin s'apprêta à partir. Involontairement, Alisa lui demanda où il allait.

Il l'étudia rêveusement des pieds à la tête.

— Je serai de retour tard dans la soirée, fut sa seule réponse.

Il était presque une heure du matin lorsqu'Alisa entendit la voiture remonter l'allée. Elle n'était pas encore parvenue à s'endormir. Les livres qu'elle avait montés n'avaient pu retenir son intérêt. Finalement elle était restée allongée sur son lit, inconsciemment absorbée dans l'attente de son mari. Ce fut seulement lorsqu'elle eut entendu la porte de sa chambre se refermer qu'elle se retourna et plongea dans un sommeil lourd et sans rêves.

La semaine suivante Christine se montra capricieuse et insupportable, mobilisant complètement Alisa. A plusieurs reprises elle s'était échappée, et était montée jusqu'aux bâtiments de l'exploitation, contrairement aux ordres de sa sœur. Ignorant les remontrances, elle expliqua par le menu à Alisa comment on prenait la température des vins, comment on les goûtait, etc... Alisa enviait secrètement les escapades de la petite fille, mais elle était impuissante à trouver la manière de les empêcher ou de corriger les attitudes obstinées et précoces de l'enfant.

Un soir, finalement, Robin s'en mêla et envoya Christine se coucher. Alisa ne s'interposa pas sur le moment, mais lorsqu'ils se retrouvèrent seuls, elle attaqua rageusement son mari. Il resta intraitable : si Alisa était incapable de discipliner l'enfant, il s'en chargerait. Il n'avait nulle intention de laisser une gosse de sept ans régenter sa maison avec ses plaintes et ses colères.

Alisa se rendait compte qu'il avait raison, mais elle refusa absolument de l'admettre. Elle avait beaucoup trop cajolé Christine, tentant de compenser la perte de ses parents. Robin avait écarté toute sentimentalité ; d'après lui, les enfants avaient plus de résistance que les adultes et s'adaptaient plus vite à un changement dans leur environnement.

L'attitude de Christine, ce soir-là, fut difficile à supporter pour Alisa. Lorsqu'elle monta dans sa chambre, Christine était prête à se coucher et disait ses prières. Après sa phrase rituelle « Dieu, bénissez maman et papa qui sont au ciel et dites-leur que je les aime » vint « Dieu, bénissez Alisa et Robin ». C'était la première fois qu'Alisa l'entendait citer Robin dans ses prières.

Doucement, avec le désir de cacher sa curiosité, elle demanda :

— Tu n'en veux plus à Robin?

— Non. Je ne lui en ai jamais voulu. Je me demandais seulement s'il me supportait à cause de toi, ou s'il m'aimait vraiment. Maintenant je sais qu'il m'aime.

— Comment? Parce qu'il t'a envoyée dans ta chambre?

— Oui, s'écria-t-elle avec un grand sourire. On se met en colère seulement après les gens qu'on aime.

Alisa dut se contenter de cette explication. Bien qu'elle parût paradoxale, elle était frappée au coin du bons sens. Ses réflexions l'amenèrent à se demander si elle ne devrait pas faire sienne l'affirmation de sa sœur, mais elle n'en avait aucune envie.

Alisa hésita longtemps avant de choisir la toilette qu'elle porterait au dîner donné pour la mère de Robin. Finalement elle se décida pour un ensemble de crêpe ivoire, ultra-léger, sur une blouse de soie rouge et or. Comme elle ajustait son col, on frappa à la porte de sa chambre. Impatientée, elle cria d'entrer; elle s'attendait à voir entrer Christine, qui rechignait à l'idée de la soirée à venir. Mais c'était Robin.

— Je viens juste de suggérer à Christine de dîner à la cuisine avec Nora, annonça-t-il, très impressionnant dans un complet d'été noisette. Elle n'est pas tout à fait assez grande pour participer à un repas d'adultes.

— Elle sera ravie, répondit Alisa, ignorant le regard de Robin qui cherchait le sien dans le miroir.

Il traversa la pièce et s'adossa au mur près de la coiffeuse. Il prit dans sa poche un petit boîtier et en sortit une bague qu'il lui passa rapidement à la main gauche.

— Ils s'attendent à voir autre chose que l'alliance, expliqua-t-il en réponse au regard surpris d'Alisa.

Un rubis d'un rouge profond brillait au centre d'un cercle de diamants. Robin reprit sur un ton sarcastique :

— Un saphir bleu aurait correspondu davantage à votre nature, mais j'ai choisi une pierre qui ait la flamme dont vous manquez.

— Elle est très belle. Mais il n'était pas nécessaire d'atteindre à une telle splendeur juste pour sauvegarder les apparences.

— Vous ne pensez pas que je l'ai achetée, tout de même? railla-t-il.

Alisa ignora son sarcasme, car il lui revenait à l'esprit un détail étrange.

— Que signifie « *ils* s'attendent à voir autre chose »?

— Je ne vous ai pas prévenue? Ma mère est descendue chez les Gautier. J'ai décidé de les inviter aussi. Ils sont nos plus proches voisins. Ce déjeuner nous évitera une autre soirée de présentations... J'ai aussi prié Paul et votre cousin Michael, ce qui devrait vous rendre heureuse.

— C'est si gentil à vous de me prévenir tellement à l'avance! J'espère que vous n'avez pas l'intention de soumettre nos invités à l'une de vos mises en scène intimes.

— Disons simplement que tant que vous donnerez l'impression d'être une épouse modèle, je serai moi aussi le mari modèle, plein de sollicitude mais pas trop démonstratif.

Alisa croisa froidement son regard admiratif lorsqu'elle se leva pour aller enfiler la veste de son ensemble.

— Quand tous ces gens sont-ils supposés arriver?

— Dans environ une demi-heure. Descendrez-vous

pour les accueillir avec moi, ou préparez-vous une entrée spectaculaire quand ils seront tous là?

Un instant déconcertée par son ironie mordante, Alisa finit par se tourner et rétorqua avec une étincelle de malice :

— Je me tiendrai aux côtés de mon mari, bien entendu.

Il eut ce sourire nonchalant qui faisait penser à un chat persan.

— Vous m'en voyez ravi. Je n'aurais pas voulu provoquer une dispute pour vous amener là.

Le premier arrivé fut Michael, qui regardait autour de lui, évaluant le décor. Il fut un peu impressionné par Robin, ce qui ne diminua en rien sa curiosité. Il prit simplement une allure vaguement furtive. Acceptant le verre de cherry que lui tendait Alisa, il lui fit un clin d'œil et chuchota :

— Comment va notre vieille mariée? Il t'en fait voir, n'est-ce pas?

Alisa répondit par un éclat de rire à sa mimique qui signifiait « je te l'avais bien dit »; elle espérait ébranler la conviction de Michael que la lutte tournait à l'avantage de Robin. Celui-ci alla seul ouvrir la porte au second coup de sonnette, qui annonçait l'arrivée de Paul. Les deux hommes entrèrent dans le salon où Alisa et son cousin étaient installés. Robin avait à peine eu le temps de servir un verre que la sonnette retentit à nouveau. Cette fois il s'écoula plusieurs minutes avant que Robin revînt avec ses invités. Alisa cacha sa nervosité derrière un large sourire à l'adresse du couple d'âge mûr qui se dirigeait vers eux. L'homme était svelte, de taille moyenne, ses cheveux noirs et bouclés striés de blanc aux tempes. Sa compagne portait une robe bleu foncé très seyante malgré son corps replet; ses cheveux aussi étaient noirs, mais ils grisonnaient vraiment.

Robin les suivait, et Alisa vit tout d'abord la dame qui se tenait à sa droite. Elle était très petite et menue; sa robe de mousseline rose, fort élégante, s'accordait étrangement avec sa chevelure châtain. C'est seulement en se rapprochant qu'Alisa put discerner quelques rides trahissant son âge. Robin présentait Alisa à Louis et Estelle Gautier lorsqu'elle remarqua la jeune fille à sa gauche. C'était Renée, la fille des Gautier.

Alisa sentit son visage se fermer comme elle tendait la main à la jeune fille. Mais c'était une réaction discrète comparée à la haine non dissimulée qu'elle lut dans les yeux noirs qui la défiaient. Alisa ne put s'empêcher d'étudier de près celle que son mari rencontrait en secret. Ses cheveux étaient longs et noirs; elle était très nettement plus petite qu'Alisa; son corps était svelte mais ses formes provocantes, mises en valeur par la robe de soie mandarine. Ses cils, naturellement longs et épais, ombrageaient de grands yeux qui fixaient Alisa avec hostilité. Dans son visage en forme de cœur, le nez était petit, et la bouche pleine et sensuelle, soulignée d'un rouge assorti à la robe. Enfin, après que Renée eût murmuré avec hypocrisie combien elle était heureuse de rencontrer la femme de Robin, celui-ci s'avança avec sa mère.

Ses yeux trahissaient son amusement devant l'expression figée d'Alisa pendant qu'il faisait les présentations. Le visage de Mme Stuart exprimait de l'intérêt mais aucun élan amical. En fait, la jeune femme crut sentir que sa belle-mère ne l'aimait pas.

— J'étais impatiente de vous connaître, Madame, parvint-elle à dire poliment.

— Et moi je désirais vous rencontrer, vous qui avez réussi à pratiquement enlever mon fils sans préavis! s'écria Mme Stuart avec un rire argentin positivement insupportable. Bien sûr, poursuivit-elle, j'avais toujours souhaité pour Robin un grand mariage, il le savait. Mais vous connaissez le peu de goût des hommes pour les cérémonies : ils sont toujours désireux d'y couper. Robin, apporte-moi un peu de ton cherry. Ensuite tu nous laisseras; tu iras parler de tes vignes avec Louis comme vous le faites toujours.

Robin obtempéra. Alisa savait maintenant de qui son mari tenait son air dominateur ; elle le sentit plus encore quand Mme Stuart insista pour qu'elles s'installent sur un canapé afin de faire connaissance. Robin revint avec le cherry, attendit que sa mère ait donné son avis : « il est très bon, chéri », puis il alla s'asseoir près de Louis Gautier et de Paul. Alisa fut prompte à remarquer Renée, perchée sur le bras du fauteuil de son père, tout près de Robin. Ses yeux bleus eurent un regard glacial pour son mari, qui lui répondit par un sourire malicieux avant de se retourner pour parler à Louis. Michael était très occupé à essayer d'attirer l'attention de Renée, sans grand succès d'ailleurs.

— Vous avez une fille, d'après ce que j'ai compris, attaqua Mme Stuart.

— Une fille? Non, c'est ma petite sœur, Christine, qui vit avec nous. Nos parents sont morts.

— Oh! Comme c'est désagréable pour Robin... et pour vous aussi, ma chère. Je voulais simplement dire qu'il est ennuyeux d'avoir dès le départ la responsabilité d'une famille.

— Christine a le revenu de son héritage, aussi n'est-elle pas à notre charge, rétorqua Alisa un peu plus vivement qu'elle ne l'aurait voulu.

— Qui a le contrôle de ce revenu?

— Moi.

— C'est bien. Parfois les avoués ou les banquiers sont bien peu conscients des besoins d'un enfant, si vous voyez ce que je veux dire... Ce fut un vrai choc pour moi lorsque Robin m'a appelée pour m'apprendre son mariage. J'ignorais même qu'il vous connaissait. Maintenant je comprends pourquoi vous l'avez ébloui. Vous êtes très belle.

— C'est un joli compliment de la part d'une belle-mère, merci.

Alisa s'étrangla presque en prononçant ces mots.

— Vous n'êtes pas tout à fait le type de femme que je pensais voir choisir par Robin. Je l'imaginais toujours épousant une brune aux yeux noirs, comme lui. Bien sûr votre pâleur vous rend un excellent faire-valoir pour Robin, mais j'ai toujours pensé que les couples formés de gens semblables sont beaucoup plus intéressants. Par exemple vous et Paul seriez parfaits tous les deux, pareillement blond clair.

Elle avait élevé la voix, provoquant un regard soupçonneux de Robin vers Alisa. Celle-ci trouvait le monologue de sa belle-mère de plus en plus intolérable; c'était une véritable épreuve pour sa bonne éducation. Maintenant Mme Stuart lui adressait un sourire de confidence et d'excuse à la fois :

— Je dois vous avouer que les Gautier et moi avons toujours pensé que Renée et Robin se marieraient. Cela aurait été idéal; nos vignobles ont une limite commune au nord. Et c'est une famille très connue et respectée dans toute la Californie. Ce pauvre Louis vieillit; il n'a que Renée à qui transmettre ses biens. Pendant un temps, elle et Robin semblaient très attachés l'un à l'autre, le mariage nous paraissait l'issue normale, pour la joie des deux familles. Mais bien sûr, c'était avant qu'il vous rencontre, ma chère.

Alisa se demanda quelle serait la réaction de Mme Stuart si elle apprenait que son fils et Renée étaient encore amoureux l'un de l'autre et si, d'autre part, elle découvrait que Robin l'avait épousée pour la somme de deux cent mille dollars? En définitive Alisa décida que probablement rien ne serait changé. En effet, pour sa belle-mère, c'était visiblement la position sociale qui comptait, et non l'argent.

— Je crois avoir rendu Robin heureux pendant la courte période de notre mariage, commenta Alisa, ne trouvant rien d'autre à opposer à la préférence évidente de Mme Stuart pour la belle-fille de son cœur.

— J'en suis sûre!

Elle tapota la main d'Alisa.

— J'aurais voulu vous rencontrer plus tôt, mais mon fils a insisté pour que je vous laisse seuls quelque temps avant de vous présenter à son dragon de mère!

A nouveau le rire de clochettes... Machinalement, Alisa sortit une cigarette et l'alluma de la main gauche. Le rubis de sa bague refléta vivement la flamme.

— Oh! voilà votre bague! s'exclama Mme Stuart. Mon fils a vraiment un goût exquis...

— Laissez-moi la voir!

Renée se leva en un tourbillon et se dirigea avec grâce vers l'endroit où Alisa et sa belle-mère étaient assises. Sa main délicate saisit celle d'Alisa et la rapprocha pour mieux voir la bague.

— Un rubis! s'écria-t-elle, lançant à Robin amusé un regard taquin. C'est ma pierre favorite...

Alisa ressentit une envie folle d'arracher la bague de son doigt et de la tendre à cette effrontée. Cependant elle sourit et remercia poliment Renée. Ses yeux croisèrent un court instant ceux de Robin, qui se détourna pour répondre à Paul qui lui parlait.

— Comme c'est étrange que Robin ait choisi un rubis pour votre bague de fiançailles, poursuivait Renée, la voix légèrement étranglée. Ça ne vous convient pas tellement. Des diamants ou des saphirs vous iraient sans doute mieux.

— D'autres personnes se sont déjà prononcées sur ce qui me convient, mais elles se sont invariablement trompées.

Alisa cette fois ne retint rien du sarcasme de sa voix et répondit à la méchanceté du regard par un éclat glacial bien personnel. Si Renée voulait la guerre, elle devait comprendre qu'elle aurait une adversaire de taille.

— Maman! Alisa! intervint Robin. Le déjeuner est servi.

Il leur offrit le bras à chacune et adressa à Alisa ce qui sembla sans doute à tous un agréable sourire; mais elle déchiffra le regard d'avertissement destiné à elle seule.

Robin et Alisa présidaient, face à face en bouts de table. La jeune femme fut heureuse que Robin eût sa mère à sa gauche. Il lui aurait été impossible de tolérer d'autres remarques plus amères que douces de Mme Stuart. Elle fut plutôt surprise du malaise qu'elle ressentit en voyant Renée placée à la droite de Robin, ses yeux noirs caressants. Michael était à la droite de Renée, et essayait de supplanter Robin. Alisa réussit à réprimer sa colère en se tournant vers Louis Gautier et sa femme, qui se trouvaient à ses côtés. Mme Gautier était une femme effacée qui laissait son mari décider de leurs opinions. Son extrême politesse et son attitude conciliante contribuèrent à détendre Alisa. Paul était assis entre Mme Stuart et Mme Gautier et, comme à l'habitude, son charme agissait sur les deux femmes.

Pendant le déjeuner Alisa se rendit compte qu'elle évitait délibérément de regarder vers l'extrémité de la table. Mais elle ne pouvait ignorer la voix de Robin, basse et musicale lorsqu'il s'adressait à Renée. Son intonation ne contenait ni moquerie ni amusement, mais seulement de l'intérêt et du charme. Quelle différence avec leurs propres conversations qui toujours étaient sous-tendues d'une sorte d'aversion narquoise!

Lorsque le plat principal, du gigot d'agneau, fut servi, Robin versa à chaque convive un verre de vin rosé. Louis présenta le sien à la lumière, en étudia la couleur, le huma, en prit une gorgée qu'il goûta longuement.

— Léger, fruité... Oui, il est bon.

Il sourit largement en se tournant vers Alisa :

— Ne trouvez-vous pas?

— Je ne suis pas vraiment connaisseur...

— Mais vous apprendrez. Robin vous enseignera les qualités que nous recherchons dans nos vins. Vous a-t-il déjà fait visiter les caves et emmenée dans les vignes?

Sur sa réponse négative, Louis regarda Robin avec reproche.

— La saison des vendanges approche. Bientôt, tu n'auras plus le temps de lui faire faire le tour du propriétaire.

Avec un sourire ironique pour Alisa, Robin répliqua :

— Lorsque nous sommes ensemble, Alisa et moi ne pensons pas précisément aux vignes...

Louis éclata de rire.

— L'esprit de notre nouveau vigneron s'est concentré sur sa femme aux cheveux d'or et non sur ses raisins dorés. C'est pour cela que nos nuits d'été sont faites, pendant que nos merveilleux fruits s'alourdissent sous la treille, n'est-ce pas, chérie? dit-il en se tournant vers sa femme avant de poursuivre à l'attention d'Alisa : Il serait bon pour vous de tout connaître sur la vigne et le vin, afin que vous soyez au courant des travaux de votre mari. Vous devriez apprendre l'histoire et la tradition, si riche, de notre vallée. Mon père arriva de Bordeaux en 1896 avec son père. Ils apportaient des plants des plus fameuses vignes pour les greffer sur les vignes américaines. Ils produisirent du bon vin. Néanmoins lorsque j'atteignis vingt-cinq ans, ils m'envoyèrent en France pour quelques années, chez un cousin. Dans ses caves j'appris à devenir un bon vigneron. C'est là-bas que j'ai fait la connaissance de ma femme... Mon père et mon grand-père nous ont quittés depuis longtemps, mais nous continuons à cultiver et planter des vignes. Nous avions vingt hectares, maintenant nous en avons deux cent cinquante. J'aurais bien acheté aussi ce vignoble, mais je suis trop vieux, et ma fille ne m'a pas encore donné de gendre.

— Mais papa, maintenant qu'on m'a volé Robin, qui

reste-t-il? Renée adressa un rire charmant à son père et un regard dramatique à Robin.

Alisa serra les dents en croisant le regard pénétrant de son mari.

— J'ai souvent souhaité voir Robin devenir mon fils, acquiesça Louis. Mais il n'en est pas ainsi. Un jour il aura un splendide vignoble. Dans quelques années il ne sera plus obligé de vendre une partie de sa récolte à d'autres exploitants, il pourra mettre en bouteilles lui-même toute sa production.

— J'en vendrai peu cette année, commenta Robin, j'ai acheté de nouvelles cuves. Elles sont arrivées la semaine dernière.

— Quel matériau? demanda Louis l'œil allumé.

— Acier inox.

— Après déjeuner, tu me les montreras, intima Louis en portant à Robin un toast muet et souriant.

Robin lui rendit son sourire avant de se tourner vers Alisa qui le regardait d'un air entendu. Enfin elle apprenait comment il avait dépensé son argent. Depuis son arrivée un doute l'avait harcelée, dès qu'elle avait découvert sa grande maison si précieusement meublée et décorée. Les yeux sombres de Robin dansèrent avec ironie à son soulagement presque évident. Elle voulut échapper à ce regard, et se tournant vers Mme Gautier, fit l'effort de poursuivre la conversation avec cette femme douce et tranquille.

Après le repas, les hommes se joignirent poliment aux femmes. Michael retint Alisa pendant un moment, lui lançant quelques piques à propos du rubis acheté avec *son* argent.

— Vraiment, tu te donnes du mal pour faire paraître ce mariage réel! Je ne crois pas que cette bague pourra faire renoncer Renée. C'est une petite sauvage sensuelle, et elle veut Robin.

— Voyons Michael, tu sais qu'il n'a jamais été question d'un mariage d'amour.

— Pourtant tu ne paraissais pas très heureuse de la façon dont ils se parlaient à table.

— Toi non plus. La compétition est-elle trop serrée?

— Peut-être, petite cousine, peut-être.

Il leva son verre avant de se précipiter dans la direction de Renée.

Les hommes échangèrent encore quelques plaisanteries, puis Robin emmena les autres vers l'exploitation afin de montrer à Louis ses récentes acquisitions. Après leur départ, la conversation fut monopolisée par Mme Stuart et Renée. Alisa restait silencieuse sur le canapé, près de Mme Gautier. Elle se demandait si elle pourrait tolérer longtemps d'être ainsi ignorée par les deux femmes. Estelle regardait sa fille comme étonnée d'avoir pu donner le jour à un être aussi vif et brillant. Alisa partageait son étonnement.

Elle se surprit à regarder la pendule, souhaitant que cet ennuyeux après-midi se termine enfin. Elle s'aperçut qu'elle attendait avec impatience le retour de Robin, pour que sa vitalité emplisse la pièce et oblitère la présence de ces deux femmes qui l'ennuyaient. Quand ses ongles s'enfoncèrent trop profondément dans ses paumes, elle décida que sa tension avait assez duré. Prétextant un besoin de se rafraîchir, elle quitta la pièce.

A l'étage, dans la solitude de sa chambre, son masque de froideur tomba. Elle examina le miroir, soudain furieuse que Robin ait organisé ce déjeuner. Il devait bien savoir quelle sorte de femme était sa mère. Et il l'avait humiliée de façon choquante en lui imposant la présence de Renée sans même l'en avertir. Alisa remarqua le flacon de Chanel N° 5 sur la coiffeuse; elle se leva et en versa le contenu dans le lavabo. C'était le parfum de Renée, et Alisa se mettait brusquement à le détester!

Regagnant sa chambre, elle se demanda combien de temps elle pouvait rester sans que son absence soit considérée comme un affront. Elle n'aurait pas fait l'effort de redescendre si elle n'avait couru le risque de concéder une victoire à Mme Stuart et à Renée. Sa fierté ne lui permettait pas de s'avouer vaincue. Elle se remit du rouge à lèvres; un jour Michael avait appelé cela : appliquer la peinture de guerre. Dans le cas présent, l'expression était juste.

— Oh! Vous étiez ici, dit Renée d'une voix un peu traînante. J'ai pensé que je ferais bien de m'arranger un peu avant le retour des hommes.

Alisa dissimula vite sa surprise de voir Renée pénétrer dans sa chambre.

— Croyez-vous qu'ils se rendent compte de ce que nous faisons pour eux? murmura-t-elle tandis que Renée arrangeait ses cheveux devant le miroir.

— Robin, lui, le remarquera. Il voit ces choses-là.

— Ah bon? Il est vrai que vous pourriez m'en dire long sur les petits faibles de Robin! s'écria Alisa, espérant que la note de sarcasme ne serait pas perdue pour Renée.

— Oui, en effet, répliqua celle-ci, une lueur guerrière dans les yeux. Robin et moi avons été bien, très bien ensemble, pendant longtemps. Comme il l'a souvent dit, nous sommes de la même race.

— Peut-être est-ce pour cela qu'il s'est lassé de vous.

Renée pâlit, puis rougit violemment.

— Vous dormez ici? Bizarre. Pourquoi faites-vous chambre à part? S'est-il aussi fatigué de vous?

— Je sais pourquoi! cria une petite voix claire.

— Christine! s'exclama Alisa. Que fais-tu ici?

— Je voulais voir ce que vous faisiez, vous les femmes, et la dame brune à la robe bleue m'a dit où vous étiez.

Elle se tourna vers Renée.

— Je sais pourquoi ils ne dorment pas dans la même chambre.

— Chris, tu ne dois pas parler de cela, interrompit Alisa.

— Laissez parler cette enfant... Ce devrait être très intéressant.

— J'ai demandé un matin à Rob pourquoi vous ne dormez pas ensemble comme faisaient papa et maman. Et vous savez ce qu'il m'a répondu? Alisa ronfle tant que ça l'empêche de dormir!

Alisa rencontra le regard triomphant de la jeune fille au moment où elle saisissait Christine par les épaules pour lui faire quitter la pièce.

— Est-ce que je pourrais coucher avec toi parfois, Alisa, pour t'écouter ronfler?

— Non. Sors d'ici et va jouer dehors!

— Il semblerait que je ne sois pas la seule à m'étonner de vos arrangements, remarqua Renée en riant. Ce n'est pas ce qu'on attendrait de deux jeunes mariés.

— C'est une affaire personnelle entre Robin et moi.

— Pensez-vous être capable de le garder tout en le maintenant à distance? C'est peut-être bien de cette façon que vous l'avez eu, mais, ma chère, vous feriez mieux de franchir le pas, sinon vous le perdrez!

— Et alors vous serez là juste à point pour le cueillir, n'est-ce pas?

— Parfaitement! C'est un homme viril, passionné, et je sais le satisfaire. Vous avez bien vu aujourd'hui comment il me regarde. Vous pouvez l'imaginer, il s'est passé entre nous des choses qu'il ne peut oublier. J'ai l'intention de lui donner d'autres souvenirs.

— Ne croyez-vous pas dangereux de livrer ainsi vos plans à l'ennemi?

— Non, pas avec vous. Vous êtes une très belle œuvre d'art, très froide aussi. Sans doute êtes-vous armée pour le garder, mais vous ne savez pas vous servir de vos armes.

— Il est possible que je ne sache pas balancer des hanches devant un homme, ni minauder pour l'encourager. Mais je ne tolérerai pas que vous le provoquiez en ma présence, ni que vous lui fassiez des yeux énamourés, ou autre moyen d'approche. Si vous pensez que je vous laisserai vous jeter au cou de mon mari sans intervenir, vous vous trompez! Il n'y aura plus de rencontres secrètes, ni conversations intimes au téléphone. Plus jamais je ne vous laisserai venir dans cette maison pour...

— Alisa! coupa la voix dure de Robin derrière elle.

Presque involontairement, elle se tourna vers lui, sa colère cédant quelque peu devant la force de la sienne. Les ardents yeux noirs absorbèrent les siens pendant une éternelle seconde, avant de se tourner vers Renée, avec un voile de douceur. Alisa, elle aussi, regarda la jeune fille et fut stupéfaite de voir deux larmes couler sur ses joues. Un sourcil levé, Alisa réalisa qu'elle avait sous-estimé les dons de comédienne de Renée.

— Veux-tu nous excuser, Renée? demanda Robin d'un ton mortellement calme.

— Je suis navrée, Rob. Je n'aurais jamais pensé que cela pût se passer ainsi, murmura Renée.

Lorsqu'elle quitta la pièce, la colère d'Alisa reprit vigueur, à la pensée que cette petite phrase avait totalement convaincu Robin. Quand la porte se fût refermée sur la robe mandarine, Alisa se leva, arrogante, pour faire face à son mari.

— Vous avez la migraine, Alisa.

— Que me racontez-vous là?

— J'ai dit que vous ne vous sentiez pas bien, c'est pourquoi il vous faut garder la chambre.

— Vous avez partiellement raison. J'en ai assez! Assez d'accepter les commentaires venimeux de votre mère, assez d'entendre quel couple parfait vous et Renée formeriez, de répondre aux questions de Renée sur nos arrangements de nuit! J'en ai assez, assez!

Elle termina sur un cri.

— Je peux comprendre à quel point ma mère doit

vous agacer, admit-il, mais vous n'aviez pas à inviter Renée dans votre chambre.

— Je ne l'ai pas invitée. Elle est venue d'elle-même. A la voir on pourrait croire qu'elle est la maîtresse ici, autant que celle du maître de maison!

— Je ne vous laisserai pas parler ainsi de Renée.

— Ah bon? Combien chevaleresque de votre part... Vous défendez votre amie, mais pas votre femme. Et pourquoi pas moi? Comme vous m'avez humiliée devant elle! Dois-je rester sans réagir alors que vous demandez à Renée de quitter la pièce pour pouvoir me réprimander en privé d'avoir dit la vérité?

— J'avais pensé qu'au moins aujourd'hui vous auriez pu être courtoise envers mes invités. Les Gautier sont mes amis depuis des années, et je m'attendais à plus d'égards de votre part pour toute la famille.

— Et comment Renée était-elle supposée me traiter? Y a-t-il des règles spéciales de politesse pour les maîtresses?

Il serra les mâchoires; un muscle tressaillait dans sa joue, trahissant l'intensité de sa colère.

— Vous resterez ici. Je descends expliquer à nos invités que vous ne vous sentez pas bien.

— Je ne demeurerai pas dans cette chambre, pour couronner la victoire de cette petite garce!

D'un pas il fut sur elle, l'emprisonna fermement dans ses bras et gronda en la regardant dans les yeux :

— Je ne tolérerai pas votre insolence. Vous exigez le respect dû à une épouse, sans être prête à remplir le devoir conjugal. Mais nous pouvons y remédier!

Il la serra contre sa poitrine, emprisonna ses bras entre leurs deux corps et lui prit les lèvres. Elle se débattit sauvagement, mais il la saisit aux cheveux pour la contraindre à l'immobilité. La pression de sa bouche se fit si dure que ses dents la blessèrent. Enfin, comme elle cherchait sa respiration, il la laissa aller. Elle porta la main à ses lèvres meurtries, pour effacer la honte et l'humiliation de son contact.

— Restez là, grommela-t-il rudement, sinon je vous exposerai à d'autres aspects du devoir d'épouse !

Et il sortit, pressant un mouchoir sur ses lèvres maculées de rouge. Alisa se saisit de la bouteille vide sur la coiffeuse et la lança violemment contre la porte refermée ; le bruit explosif qui en résulta lui fit, par compensation, un immense plaisir.

5

— Es-tu prête, Chris?

Alisa prit une paire de gants de piqué blanc, mais elle les rejeta, sa bague était trop volumineuse.

Christine entra en dansant dans la chambre de sa sœur, en un tourbillon de jupe framboise et de chaussures impeccablement blanches.

— Je suis prête! cria-t-elle sur un ton aigu. Oh! Dépêche-toi, Alisa!

— L'école ne commence pas tout de suite! s'écria Alisa en riant. Nous allons seulement t'inscrire.

Mais sa petite sœur la prit avec insistance par la main et l'entraîna vers l'escalier. Elle vit alors Robin qui, du hall, les regardait descendre. Elle montra sa surprise devant sa présence dans la maison à ce moment de la journée.

— Rob, tu es prêt aussi?

Christine lâcha la main de sa sœur et dévala en courant les dernières marches.

— Vous venez avec nous?

Alisa était parvenue au bas de l'escalier et regardait le visage indéchiffrable avec un mélange de doute et d'incrédulité.

— Nous sortons en famille aujourd'hui, annonça Chris. Tout est prêt?

— Tout quoi? demanda Alisa intriguée à Robin.

L'enfant avait tout d'abord saisi Robin par la main,

mais il marchait trop lentement à son gré et elle s'était élancée vers la voiture. Robin, sans une seule fois guetter sa réaction, expliqua à Alisa :

— Dès que nous l'aurons inscrite, nous irons faire un pique-nique. Les vendanges commencent la semaine prochaine en même temps que l'école. Comme Christine me l'a fait remarquer, il nous reste peu de temps pour faire quelque chose ensemble, en famille comme elle dit.

— Dommage que vous le lui ayez promis, remarqua Alisa d'un air sombre.

— Cela ne me gêne pas. C'est une petite personne joyeuse, sans complexe, heureusement dénuée du pessimisme de sa sœur, railla Robin. Après tout, vous lui avez déjà tant sacrifié, vous pouvez bien tolérer un après-midi en ma compagnie.

Elle l'examinait froidement. Si seulement elle pouvait être sûre que cet après-midi avait été organisée pour Christine. Christine était sans doute à l'origine du projet, mais elle se demandait pour quelles raisons Robin y avait souscrit, alors qu'il ignorait l'existence de sa femme depuis la désastreuse réception. Ils étaient arrivés à la voiture lorsque son « eh bien? » la mit en demeure de se décider. Elle eut un profond soupir.

— Vous me mettez au pied du mur. Maintenant je n'ai plus le choix, n'est-ce pas?

— Cela vous ennuie?

— Oui, parfaitement, siffla-t-elle tout bas, pour que Christine, déjà installée sur le siège arrière, ne pût entendre.

Robin en lui fermant la portière lui sourit d'un air malicieux et satisfait qui lui fit serrer les dents. Pendant le parcours, Christine sautait allègrement sur la banquette. Son bavardage entrecoupé par les réponses alternées d'Alisa ou de Robin alimenta une conversation ininterrompue jusqu'à Ste Helena, leur destination. A l'arrivée à l'école, elle se faufila en avant jusqu'au porche.

— Je suppose que nous sommes tous deux suffisamment adultes pour mettre de côté nos sentiments personnels, intima Robin à voix basse, afin de faire de cette sortie un moment agréable pour Christine.

— Je suis tout à fait disposée à le faire pour elle. Si vous vous abstenez de vos habituelles railleries, je n'aurai nulle occasion de vous rendre coup pour coup.

Robin maintint ouverte la porte de l'école pour lui permettre de passer, et déclara avec un sourire :

— C'est donc une trêve. Nous pourrions même nous surprendre à trouver l'après-midi agréable...

Le regard d'Alisa lui dit qu'elle doutait elle-même de cette possibilité, mais elle ne répondit pas.

L'inscription de Christine dans sa nouvelle classe et la paperasse administrative correspondante furent vite expédiées, et le trio se retrouva en voiture, se dirigeant vers le nord de la ville. Pendant leur très bref parcours ils dépassèrent plusieurs vignobles qui proposaient aux touristes des visites organisées. Finalement Robin obliqua vers un petit parc où il s'arrêta. Aussitôt Christine se précipita au-dehors. Un bâtiment de bois dominait le terrain environnant.

— C'est le Vieux Moulin Bale, expliqua Robin un instant plus tard. Il a été construit par un Dr Edward Bale pour moudre le grain produit par les pionniers des premiers jours de la Napa Valley. On l'a rénové récemment car il était pratiquement en ruines. Maintenant on le croirait prêt à fonctionner, mais personne n'a jamais essayé.

Alisa s'avança sur le sol inégal pour examiner l'énorme roue à aubes qui jadis entraînait les pierres à meuler. Les branches d'un arbre proche ombrageaient la grande roue de bois et mettaient en évidence son immobilité.

— C'est vraiment assez impressionnant, n'est-ce pas? commenta Alisa lorsque Robin la rejoignit.

— Une véritable nécessité au temps de sa gloire.

— Je vais chercher un endroit pour pique-niquer ! annonça Chris avant de partir explorer le parc.

Le couple s'engagea sur les rochers, Robin frayant la voie à Alisa qui le suivait à un pas. Elle était chaussée de sandales blanches à petits talons, bien peu faites pour ce genre de sport. Sur un rocher plat, elle glissa et fut propulsée vers l'avant. Robin tendit ses bras bronzés et la reçut sur sa large poitrine. Il la maintint solidement par la taille, l'aidant à se redresser sur ses jambes tremblantes.

— Comment vous sentez vous ?

— Bien. Merci.

Mais elle s'accrochait fermement à ses avant-bras afin de conserver la position verticale. Elle pouvait sentir sous ses doigts le pouls rapide de Robin.

— Je crois bien que votre cœur bat au moins aussi vite que le mien, remarqua-t-elle avec un faible rire.

— C'est probablement la surprise de vous découvrir ainsi suspendue à moi.

Son ton amusé mais grave à la fois incita Alisa à le regarder. Elle se sentit hypnotisée par ses yeux noirs tout brillants d'une flamme ardente.

— Lorsque vous oubliez votre masque de froideur, vous devenez très belle et désirable.

— Et vous, vous êtes capable de beaucoup de délicatesse quand cela vous plaît, remarqua-t-elle d'une voix sourde, toute douce, et quelque peu tremblante.

L'aimable courbe des lèvres de Robin s'élargit en un franc sourire.

— Je suppose que vous avez abattu mes défenses. Ce qui signifie qu'il nous faudrait rejoindre Christine.

Cette fois ils marchèrent côte à côte, Alisa ne trouvant aucun moyen de lâcher sa main sans s'exposer à ses moqueries. Il eût été dommage de laisser leurs luttes mesquines troubler cette journée paisible, la sérénité du parc. D'ailleurs il fallait aussi penser à Christine. Justement Robin constatait :

— J'admire à quel point vous teniez à avoir Christine. Je ne peux imaginer aucune autre femme, ayant votre beauté et votre fortune, qui eût fait cela, en particulier pour une demi-sœur tellement plus jeune. Avez-vous exactement envisagé votre avenir?

— Essayez-vous de me faire comprendre quelle responsabilité elle représente? répliqua-t-elle avec un sourire. En fait je ne fais pas un si grand sacrifice. On ne se sacrifie pas pour quelqu'un qu'on aime.

Elle leva les yeux vers lui, s'attendant à trouver sur son visage raillerie et cynisme, mais il était sérieux et semblait intéressé. Elle poursuivit alors :

— Je sais que c'est terriblement banal de dire cela, mais je voudrais la voir grandir dans des conditions différentes de celles que j'ai connues. Elle doit éprouver un sentiment de sécurité, savoir que je serai toujours là quand elle aura besoin de moi, parce que je l'aime.

— Et comment a été votre enfance?

— Un long défilé des admirateurs et des maris de ma mère. Je pense qu'au jour de sa mort elle eût été incapable de se rappeler le nom de mon père.

Alisa rit sur ses derniers mots; elle essayait de plaisanter, mais une certaine amertume filtrait néanmoins.

— J'avais bien cette impression... C'est de là que vient votre aversion pour le sexe fort...

— Non, je pense qu'il faut plutôt la chercher dans mon refus à croire à l'amour entre homme et femme. Pour moi l'aimant qui attire les deux l'un vers l'autre est le désir animal de la satisfaction des sens.

— Voilà pourquoi vous avez débranché votre aimant personnel n'est-ce pas? L'amour existe, Alisa. J'espère que vous le découvrirez un jour.

— Vous parlez comme si vous aviez vérifié le fait.

— Trouvez-vous difficile de croire en l'existence de l'amour, ou en ma capacité à aimer? ironisa Robin.

Alisa l'observa, la tête levée, tentant de découvrir ce

qui le rendait tellement différent. Sans répondre à sa question, elle fixa le sol.

— Je n'éprouve aucune difficulté à croire que vous désiriez Renée. Vous devez la trouver très belle.

— Vous y voilà de nouveau, s'exclama-t-il en riant. Vous substituez « désirer » à « aimer ».

— C'est pratiquement la même chose.

— Lorsque vous avez envie de quelqu'un parce que vous l'aimez, c'est de l'amour. Vous parlez du contraire lorsque vous aimez quelqu'un parce que vous le désirez. Ce sont deux sentiments bien distincts, Alisa... Mais vous ne me croyez pas tout à fait. Et une question dans vos yeux bleus me dit que vous vous préparez à me chercher querelle, aussi je propose que nous changions de sujet. Cette après-midi est consacrée à Christine, et nous sommes censés observer une trêve.

Alisa accepta à regret. Mais ses pensées revenaient toujours au même sujet, avec une insistance fort désagréable. L'exubérante Christine ne put complètement la tirer de sa rêverie. Elle accepta volontiers que le pique-nique fût dressé dans l'herbe et non sur les tables prévues à cet effet. La bourriche sortie de la voiture était bien remplie — du poulet froid garni de petites tomates, de tiges de céleri et de carottes; des tartines beurrées décorées de rondelles d'œufs durs; du port-salut, et comme dessert, des poires. Comme Alisa disposait le repas sur la nappe à carreaux, Robin sortait des verres et une bouteille.

— Malheureusement ce vin ne sort pas de mes caves, dit-il en la débouchant. C'est du Cabernet Sauvignon des vignobles Gautier. Mais je peux vous assurer que c'est le meilleur vin rouge de Californie.

— Est-ce que je peux avoir un peu de jus de raisin aussi, Robin? demanda la voix flûtée de Christine, à genoux à côté de lui.

— Tu n'es pas assez grande pour boire du vin, répliqua en souriant Alisa.

— Laissez-la essayer. Elle peut bien connaître ce que produit son nouveau frère. Elle est allée assez souvent dans les caves, elle a mérité d'y goûter.

Robin tendit son verre à Christine. Le vin avait à peine touché ses lèvres qu'elle se renversa en arrière, sa grimace exprimant le dégoût le plus total. Elle regarda Robin comme s'il avait essayé de l'empoisonner.

— C'est horrible! Ça n'a pas du tout le goût du jus de raisin...

Robin éclata de rire.

— Non, sauterelle; le vin est fait avec du raisin, il contient son arôme, mais il n'a pas le même goût que le jus de raisin.

— Comment pouvez-vous boire une horreur pareille?

Cette fois, ce fut Alisa qui se mit à rire.

— Tu t'y habitueras, Chris!

— Ah non! Pas moi, jamais!

— Nora sait sans doute que les petites filles n'aiment pas le vin, annonça Robin en sortant une autre bouteille; elle a mis aussi de la limonade, si je ne me trompe.

— Oh! Ça c'est chouette... Dis, Robin, tu crois que Nora me préparera un panier de déjeuner quand j'irai à l'école, pour que je puisse l'emporter dans le car comme toutes les autres petites filles?

— La plupart des enfants déjeunent à l'école, je crois mais je suis sûr que si tu le veux nous pourrons arranger ça avec Mme March.

— Chris n'aura pas besoin de prendre le car. Je pourrai facilement la conduire le matin et aller la chercher l'après-midi.

— Non, Alisa. Je veux prendre le car de l'école, geignit Christine. Je ne veux pas être différente des autres enfants.

— C'est un point de vue à considérer, Alisa.

— Oui... Eh bien, si c'est ce que tu veux, Chris, tu le prendras comme les autres élèves.

Quand le repas fut terminé, Christine s'échappa pour examiner le vieux moulin de plus près. Alisa et Robin restèrent tous les deux. Alisa avait rangé les restes du pique-nique alors que Robin s'allongeait sur le gazon.

— Je suis heureux que vous ayez autorisé Chris à prendre le car. Sans doute son adaptation à sa nouvelle école, à ses nouveaux camarades, sera-t-elle ainsi facilitée.

— Je le souhaite. J'espère surtout qu'elle ne s'attachera pas trop à ses nouveaux amis, car ce serait dur pour elle de les laisser lorsque nous partirons à la fin de l'année scolaire.

— Elle n'aura pas à partir, déclara Robin en offrant à Alisa une cigarette qu'elle accepta.

— Que voulez-vous dire par là? Vous le savez pourtant, à la fin de l'année scolaire nous devons divorcer, et je vous quitterai.

— Vous quitterez ma maison, oui, mais rien ne dit que vous deviez abandonner la région. J'aurais pensé que si la petite était heureuse ici, vous resteriez.

Lorsqu'il tendit à sa femme une cigarette allumée, elle réalisa avec une grande netteté qu'après le divorce jamais elle ne resterait dans le voisinage de Robin. Elle lui fit cependant croire par signe que c'était possible et plaça la cigarette chaude encore des lèvres de Robin entre les siennes. Le souvenir lui revint du contact de la bouche de Robin, à la pression dure et cruelle, lui faisant honte et anihilant ses pauvres efforts pour lui résister. Le souvenir de ce moment était aussi net en elle que s'il avait laissé son empreinte. Et, à cet instant, leur trêve fut brisée. Robin dut lui aussi en être conscient, car il se leva presque aussitôt et commença à ranger les affaires dans la voiture. La tranquille sérénité de l'après-midi s'était évanouie.

6

Les premières semaines de septembre s'écoulèrent, chaque jour paraissant plus long que le précédent. Le tourbillon d'activité du matin, alors que Christine devait toujours se presser pour ne pas rater le car, était souligné par son contraste avec les heures qui se traînaient à sa suite, jusqu'au retour de Christine dans l'après-midi.

Les vendanges avaient commencé. Les vignobles étaient pleins du bourdonnement des vendangeurs et des véhicules qui ramassaient et transportaient le raisin dans les celliers, sur la colline derrière la maison. Et Robin dirigeait toute cette activité ; il se levait pour se rendre dans les vignes bien avant les vendangeurs, et restait dans les celliers et les caves longtemps après leur départ. En général, Alisa et Christine avaient depuis longtemps fini de dîner lorsqu'enfin il arrivait à la maison. Parfois Robin rejoignait Alisa dans la salle de séjour ; il y restait alors assis dans un silence tranquille avant de la prier de l'excuser et de se retirer dans son cabinet de travail pour s'occuper de ses papiers.

Pendant les premières journées si vides, Alisa avait erré sans but à travers et autour de la maison, remarquant le changement des couleurs d'automne dans les vignes, qui de vertes étaient devenues brun doré ; la vigne-vierge sur la maison prenait sa couleur rouge feu.

Ses promenades amenaient souvent la jeune femme en vue des celliers, mais elle s'arrêtait toujours à l'ombre des chênes et regardait d'un air absent le trafic entre les bâtiments et les vignes. Robin prenait son déjeuner sur place. Et le retour de sandwiches à demi consommés prouvait à l'évidence que sa pensée était avec sa récolte.

A plusieurs reprises, Alisa avait entendu le bruit des sabots d'un cheval sur les graviers du chemin. Renée était la seule qui montât à cheval; pourtant, Robin n'avait jamais fait mention de sa présence. Il était fort improbable qu'il le fasse, connaissant son opinion sur elle. Tout de même, Alisa était furieuse que Robin rencontrât encore Renée, la défiant elle-même ouvertement.

Son inactivité jointe à son désir de ne pas s'exposer à une rencontre fortuite avec Renée ramenèrent Alisa à la maison. Là elle insista auprès de la gouvernante pour qu'elle la laissât participer aux travaux ménagers. Et ainsi, graduellement, Alisa avait pris en charge certaines tâches quotidiennes; elle faisait les lits, essuyait les meubles et polissait les sols, enfin tout ce qu'elle pouvait trouver pour l'aider à passer le temps.

Alisa ouvrit la porte de la plus grande chambre, celle de Robin; elle portait l'un de ses complets qui venait de rentrer du nettoyage. Elle lança un regard appréciateur à travers la pièce, admirant une fois de plus les murs ivoire et le velours rouge des double-rideaux. Ranger, épousseter, faire le lit dans cette chambre était devenu pour elle une habitude. Depuis la toute première fois où elle y était entrée elle avait eu le coup de foudre pour cette pièce. Elle avait même ressenti un léger pincement d'envie à l'idée que Robin l'occupait, avant de se souvenir, avec un frisson, qu'en tant qu'épouse elle pourrait la partager avec lui. L'admirer et en prendre soin lui suffisait.

Mais elle aimait tout particulièrement la chambre adjacente. Elle était trop petite pour une chambre et trop grande pour une garde-robe. Ses murs blanc cassé avaient viré au gris, témoins de l'abandon de la pièce. Les deux seuls meubles en étaient un placard et un lit de camp. Alisa avait immédiatement deviné sa destination — une chambre d'enfant. A ce moment même, lorsqu'elle ouvrit la porte et pénétra dans la pièce, elle pouvait très bien l'imaginer. Les murs seraient recouverts d'un papier vert pâle rayé de blanc pour convenir à tout bébé, fille ou garçon; les boiseries et les fenêtres seraient laquées de blanc. Les rideaux pourraient être du plus léger voile de coton, si c'était une fille, et pour un garçon de lin épais et lourd. A la place du lit de camp il y aurait un berceau d'un blanc éclatant, avec un mobile aux papillons dansants accroché au faîte. Près de la fenêtre, un fauteuil à bascule et un petit lampadaire. L'image ainsi composée était très claire pour Alisa.

Elle était debout au centre de la pièce, pressant inconsciemment le costume contre sa robe bain de soleil corail. Alors qu'elle baissait la tête, elle sentit le tissu contre sa joue, et eut un mouvement de recul. Un petit sourire embarrassé entrouvrit ses lèvres aux pensées qui lui traversaient l'esprit. Alisa frotta la manche du complet de nouveau contre sa joue, et se demanda combien d'épouses bêtement sentimentales caressaient les vêtements de leurs maris, ou encore rêvaient à leurs futurs bébés. Elle se retourna avec un sourire cynique et amusé, se disant à quel point elle était heureuse de ne pas faire partie de cette catégorie de femmes.

— Je me demandais combien de temps votre rêve allait durer...

Robin était sur le seuil, adossé au chambranle.

— ... Vous aviez l'air si inspiré que je n'ai pas voulu vous déranger.

— Vous êtes là? Je vous croyais dans les vignes.

— Je dois aller en ville chercher une pièce de rechange et je suis venu prendre une douche et me changer. Mais une question tout d'abord : que faites-vous ici?

— Je voulais simplement ranger votre complet. Nora l'a rapporté ce matin de la teinturerie.

Alisa détesta cette note défensive dans sa voix. Il tourna calmement la tête pour indiquer la chambre derrière lui.

— Mon placard est là, dans cette chambre.

— Je sais. J'y suis déjà allée plusieurs fois.

— Ah oui? railla Robin, un sourcil levé.

Alisa n'aimait pas du tout la lueur qui brillait dans ses yeux sombres. Elle expliqua :

— D'habitude je mets un peu d'ordre.

— Si vous ne cessez pas de chiffonner cette veste, il nous faudra la renvoyer au pressing.

Le regard de Robin alla des deux taches vives sur les joues d'Alisa aux mains crispées sur le tissu... Dans son émoi elle lâcha presque le vêtement, mais parvint à murmurer :

— Si vous condescendiez à dégager la porte, je pourrais la suspendre.

— Mais bien sûr!

Il changea de position mais resta appuyé au chambranle, lui laissant juste assez de place pour passer. Elle le regarda avec hésitation, et souhaita qu'il eût dégagé toute la largeur de la porte. Mais elle ne tenait pas à lui montrer son exaspération, aussi rassembla-t-elle toute son indifférence, pour quitter le centre de la chambre d'enfant et s'avancer vers la porte. Comme elle se préparait à passer devant lui, Robin tendit le bras pour lui barrer le passage. Elle le regarda d'un air froid.

— Pourriez-vous me laisser sortir?

Mais son autre bras bloqua alors la retraite d'Alisa vers la chambre d'enfant. Il se rapprocha d'elle.

— Quelles étaient vos pensées, il y a un petit moment, lorsque vous rêviez, là, au milieu de cette pièce? demanda-t-il, en la regardant d'un air nonchalant qui dissimulait mal l'éclat impétueux de ses yeux.

— Si vous voulez absolument le savoir, je l'imaginais re-décorée.

— Savez-vous que cette pièce a été conçue comme chambre d'enfant?

— C'est ce que j'ai pensé, répliqua-t-elle avec arrogance. Alors, je peux m'en aller maintenant?

— J'ai remarqué que vous appeliez Nora par son prénom. Finalement vous vous entendez assez bien. Quelle est la raison de ce changement? demanda Robin en ignorant encore une fois sa requête.

— Je n'avais aucune raison, seule de toute la maisonnée, de continuer à être protocolaire. Depuis que Christine va à l'école j'ai beaucoup de temps libre, aussi ai-je décidé d'aider Nora dans la maison. C'est aussi simple que cela.

— Vous avez sans doute été un peu perdue, non? Mais dans quelques semaines, les vendanges seront terminées et j'aurai un peu plus de temps libre.

— Renée sera ravie, railla Alisa.

Robin chassa ces mots importuns d'un haussement d'épaule et se rapprocha encore d'Alisa.

— Sans doute est-ce votre parfum qui, ces derniers soirs, a bercé mon sommeil; il est très agréable, plein de l'innocence des fleurs au printemps.

Il pencha la tête lentement vers elle. Elle se raidit et sentit le frôlement aérien de ses lèvres sur le côté de son cou, comme il chuchotait :

— Où le mettez-vous? Ici, derrière votre oreille... Ou bien là, au creux de votre épaule...

Ses lèvres suivaient la trace de ses mots, mais Alisa resta immobile, déterminée à lui montrer à quel point elle était indifférente à ses baisers. Pourtant une émotion étrange et sensuelle la faisait frissonner.

— Vos rêves incluaient-ils le peuplement de la chambre d'enfant?

Cette question inattendue la tira brutalement de sa rêverie sensuelle, bien qu'elle en sentît encore les ondes dans son cou.

— Bien sûr que non! protesta-t-elle dans un murmure.

— C'est bien dommage. Vous avez dû le remarquer, mon lit est très vaste.

Robin prit du champ pour plonger son regard dans les yeux bleus, puis promena de nouveau ses lèvres sur son cou.

— Qu'est-ce qui vous prend? Vous n'avez pas vu Renée ces jours-ci? demanda Alisa, indignée.

Il la renseigna d'une voix amusée.

— En fait, je l'ai vue ce matin. Mais cela ne résout pas votre problème au sujet d'un enfant. Comment imaginez-vous notre bébé?

Alisa commençait à être bouleversée par sa présence trop proche. La chemise bleue de son mari était complètement déboutonnée. Ses mains, même si elle désirait résister, ne pouvaient le repousser sans rencontrer la peau nue de sa poitrine. A chaque inspiration son eau de cologne la pénétrait davantage. Cependant c'était la caresse persistante de ses lèvres sur la peau sensible de son cou qui la troublait le plus profondément. Elle s'aperçut qu'il était un expert en art amoureux.

— Je ne suis pas une servante obligée de laisser son maître approcher d'elle, lança-t-elle durement. Et je vous assure bien que je n'ai jamais eu l'intention d'avoir un... un bébé, et surtout pas avec vous!

— Pourquoi ne l'envisageriez-vous pas maintenant?

Robin rejeta sa tête en arrière pour mieux la regarder, il lui fit un sourire doucement ironique avant de rapprocher de nouveau son visage. Cette fois, il lui prit les lèvres en un baiser tendre mais ardent.

Alisa garda volontairement ses lèvres froides et insensibles sous les siennes, malgré le feu qui montait en elle et menaçait de faire fondre sa réserve glaciale. Au moment où elle pensait ne pas pouvoir résister plus longtemps, Robin la libéra.

— Eprouvez-vous un sentiment de puissance en constatant que vous me troublez ?

— Et vous, avez-vous ressenti comme une défaite de n'avoir pas réussi à m'émouvoir ? répliqua-t-elle vivement.

— Oh ! mais j'y suis parvenu, fit Robin en souriant. Votre cœur galopait plus vite qu'un pur-sang. Dommage que je sois obligé d'aller en ville, sinon nous aurions pu prolonger ce petit intermède. Il serait intéressant de voir combien de temps vous pourriez tenir sans me rendre mon baiser.

— Vous êtes le plus arrogant, le plus vain... commença Alisa, mise hors d'elle par ses suppositions.

— ... Le mot est « mâle », compléta Robin avec un sourire confiant plein de sous-entendus.

Alisa, alors, ne réfléchit pas une seconde. Sa main fut plus vive qu'elle : seul le bruit de la gifle lui fit comprendre qu'elle venait de frapper Robin. Il la regarda, puis, avec le calme le plus irritant, il éclata de rire.

— Vous feriez mieux de sortir d'ici en vitesse, dit-il. Accrochez mon complet, et terminez toute autre chose que vous étiez supposée faire ici. Je veux me doucher et me changer. Cela dit, vous pouvez rester si vous voulez : vous êtes la bienvenue.

A toute allure Alisa rangea le costume et elle claquait la porte lorsqu'elle aperçut du coin de l'œil la chemise bleue qui volait à travers la pièce pour atterrir sur le dessus de lit de velours.

7

— J'aimerais que vous laissiez ces fenêtres à l'un des hommes, Madame Stuart, cria Nora du bas de l'échelle. C'est beaucoup trop dangereux pour vous de grimper ainsi! Robin me gronderait s'il l'apprenait!

— Ces fenêtres étaient si sales de toute la poussière qui vole des camions, il était impossible de voir au travers! D'ailleurs j'ai fini : celle-ci est la dernière.

— En tout cas, je suis bien contente que la dernière vigne soit terminée demain, remarqua la gouvernante, en tenant fermement l'échelle tandis qu'Alisa en descendait.

Celle-ci se demandait ce qu'elle-même en pensait. En fait les vendanges avaient absorbé Robin, empêchant d'autres rencontres fortuites qui auraient pu évoluer vers des scènes comme celle qui avait eu lieu dans la chambre d'enfant. Bien qu'elle eût maintenant de l'amitié pour Nora, Alisa ne pouvait lui confier sa réticence quant à la fin des vendanges. Aussi lui assura-t-elle qu'elle serait heureuse de la paix et du calme qui succéderaient à cette période d'activité fébrile.

— J'étais juste venue voir si vous n'aviez besoin de rien cet après-midi et vous annoncer que votre déjeuner était prêt.

— Ne vous inquiétez pas, affirma Alisa. Allez voir votre petit-fils en ville et ne vous préoccupez de rien.

— Il n'est à l'hôpital que pour une amygdalite et

rentre chez lui demain; mais vous savez comment sont les enfants. Il s'attend à ce que sa mammie vienne le voir.

— Il est dans la classe de Christine à l'école, alors souhaitez-lui de sa part un prompt rétablissement. Ma sœur m'a annoncé qu'ils préparaient une fête formidable à l'école.

Alisa rit en s'essuyant les mains à son vieux jean.

— Si vous n'avez besoin de rien, je vais partir, répéta Nora après avoir promis de transmettre le message de Christine.

Quelques minutes de conversation furent encore nécessaires pour convaincre Nora qu'elle laissait la maison entre des mains expertes, et qu'il ne se produirait aucune catastrophe en son absence. Elle partit enfin, donnant un coup de klaxon d'adieu pour Alisa en tournant dans l'allée. Celle-ci poussa un profond soupir, rassembla son seau et ses chiffons, et pénétra dans la maison. A l'intérieur, elle hésita : elle se demandait si elle prendrait sa douche et se changerait avant de déjeuner, ou si elle se laverait seulement les mains. Elle choisit la dernière formule, car elle ressentait déjà les crampes de la faim.

Comme elle se rapprochait de la cuisine, Alisa surprit les grommellements de Mme March, la cuisinière. On entendait en outre le claquement des portes des buffets, et les ustensiles de cuisine tintaient violemment. Avec une grimace d'appréhension, Alisa se redressa pour affronter l'irascible femme.

— Bonjour, Madame March, commença-t-elle d'un ton allègre. Ça va ce matin?

— Très mal, si vous voulez le savoir, grogna la domestique. Je ne suis pas de celles qui se plaignent, vous le savez...

« Pas trop », pensa Alisa, mais elle bannit aussitôt cette pensée, au souvenir de l'excellente cuisine dont était capable Mme March.

— ... mais cette femme s'en va. alors qu'elle sait fort bien que j'ai une tarte en train pour ce soir. Pourtant, ça va me prendre au moins une heure!... Et elle claqua une autre porte de buffet.

— Je ne comprends pas. Où est le problème? demanda Alisa, qui tentait d'adopter une attitude apaisante.

— Pourriez-vous me dire comment j'arriverai à faire cette tarte et en même temps à porter le déjeuner de Monsieur pour une heure?

Sa voix résonnait, stridente, dans toute la cuisine.

— Pourquoi ne lui avez-vous pas demandé de le porter avant de partir? demanda Alisa, une sensation désagréable au creux de l'estomac.

— Pour l'entendre encore radoter sur son petit-fils? Sûrement pas! Je présume que je dois laisser tomber la tarte, et la jeter aux ordures. Personne dans cette maison ne se préoccupe du temps que je mets et du mal que je me donne pour essayer de bien garnir la table. Ils s'occupent tous de leurs affaires sans même un merci.

— Vous savez bien à quel point Monsieur et moi apprécions vos efforts, intervint Alisa pour tenter de la calmer.

— En tout cas il y en a certains, sans citer de noms, qui s'en fichent totalement.

— Nous allons trouver une solution, j'en suis sûre.

Alisa connaissait cette solution, mais elle l'envisageait avec crainte.

— Et laquelle, s'il vous plaît? Appeler Monsieur et lui dire de venir prendre son déjeuner ici, occupé comme il est! Dans ce cas, il se passerait plutôt de manger.

— C'est beaucoup plus simple, Madame March, suggéra Alisa avec un sourire, je lui monterai son repas quand j'aurai terminé le mien.

— Pourquoi donc n'y ai je pas pensé?

Alisa crut remarquer une vague note de reconnaissance dans le regard terne. Elle répliqua :

— Vous étiez trop occupée. Maintenant, je vais me laver les mains et je déjeunerai.

— Tout sera prêt dans la pièce du matin. Vous me sauvez la vie!

Alisa pensait, pour sa part, que c'était une façon de gâcher complètement cette journée qui promettait d'être si belle. Mais il n'y avait rien d'autre à faire. Elle soupira, et frictionna vigoureusement ses mains sous l'eau fraîche. Après tout, peut-être Robin serait-il occupé ailleurs; elle pourrait alors déposer simplement son déjeuner. C'était un espoir bien faible, mais le seul qu'elle eût.

Son propre repas, bien qu'appétissant, ne la tentait guère, ou peut-être la perspective de rencontrer Robin lui avait-elle ôté son appétit. De toute façon, Alisa repoussa son assiette encore à moitié pleine. Fidèle à sa promesse, elle se rendit dans la cuisine et y prit le plateau préparé par Madame March.

Le long du chemin vers les celliers l'air était lourd de l'odeur entêtante du vin en cours de fermentation. Tout en avançant sous les arbres, Alisa s'aperçut qu'elle n'avait aucune idée du lieu où elle pourrait trouver Robin, ni même de l'emplacement de son bureau. Mais à peine arrivée à la clairière, elle comprit qu'elle n'avait plus de souci à se faire : elle resta quelques secondes encore à l'abri des arbres, et regarda tout son saoûl Robin, torse nu, qui transpirait tellement qu'il semblait être une statue de bronze. Elle essaya de chasser la sensation troublante, se remémorant le nombre d'hommes qu'elle avait vus beaucoup moins vêtus, à la piscine ou sur la plage. Mais il flottait autour de son mari une aura de saine virilité beaucoup trop attirante.

Finalement, elle se contraignit à regarder l'homme qui était debout près de Robin. Avec un soulagement à peine perceptible elle vit que c'était Paul. Elle était sûre qu'il empêcherait toute marque d'intimité de la part de Robin. Armée dès lors d'une confiance nouvelle pour affronter la vitalité irrésistible de son mari, Alisa s'avança d'un pas assuré.

— Eh bien! Regarde qui vient finalement se prendre dans notre toile!

— Bonjour Robin! Bonjour Paul! s'écria Alisa d'un ton détaché, en s'arrêtant auprès d'eux. Nora est allée à la ville voir son petit-fils, alors je me suis déclarée volontaire pour vous apporter votre déjeuner.

— Alisa, vous êtes resplendissante, comme d'habitude, déclara Paul avec un large sourire.

Robin la dévisagea avant d appuyer à son tour :

— Il semble que vos joues aient un nouvel éclat... Peut-être parce que j'ai l'habitude de vous voir toujours si impeccable, j'avais oublié combien vous pouvez être belle avec vos cheveux volant dans tous les sens, comme le matin où nous nous sommes mariés à Las Vegas.

« On peut lui faire confiance pour cela », pensa Alisa avec irritation, mais elle dit tout haut :

— Je regrette de ne pas avoir su que vous étiez ici, Paul. J'aurais pu demander à Madame March de vous préparer aussi un repas.

— J'ai pris mon petit déjeuner très tard.

Ses yeux bleus la regardaient avec chaleur.

— Où voudriez-vous que je...

Alisa fut interrompue par un bruit de pneus grimpant la côte de graviers. Tous trois se retournèrent pour regarder la voiture de sport rouge qui freina devant eux dans un nuage de poussière. Alisa serra les lèvres en reconnaissant Renée derrière le volant. Le toit convertible était baissé; aussi, au lieu de sortir, Renée se leva-t-elle pour se percher sur le haut du siège arrière.

Elle posa ses yeux sombres et admiratifs sur Robin et Paul puis lança un regard noir sur Alisa.

— Je suis heureuse de vous trouver tous réunis! s'exclama-t-elle. Je suis venue vous dire que papa a fixé la date de notre soirée. C'est samedi en huit. Considérez ceci comme une invitation en règle.

— Une soirée? questionna Alisa.

— Papa en donne toujours une pour célébrer la fin des vendanges. Il y a peu d'invités, pas de cérémonies, et on s'y amuse beaucoup. N'est-ce pas, Rob? demanda-t-elle à Robin, tout charme dehors.

— Tu n'as pas trop de vent, décapotée? demanda-t-il à son tour, avec son sourire énigmatique.

— Tu te rappelles comme j'aime le sentir jouer dans mes cheveux. Cela me rappelle... tu sais bien quoi.

— Où voulez-vous que je dépose votre déjeuner, Robin? intervint sèchement Alisa.

— Paul, montre-lui où est mon bureau.

Puis, se tournant à nouveau vers Renée en prenant appui sur la voiture :

— Votre récolte est bonne? poursuivit-il.

Les épaules raidies, Alisa accepta la main de Paul pour la guider. Elle se disait avec rage que Robin s'était débarrassé d'elle en douceur. Il l'avait en quelque sorte poussée dehors afin de pouvoir continuer son marivaudage. Sa gorge se serra en entendant le rire étouffé de Renée.

— Elle ne sait même pas où est ton bureau!

Si Renée n'avait pas eu l'intention de se faire entendre d'Alisa, elle aurait baissé la voix. Mais Alisa le savait, elle avait volontairement parlé fort, pour bien lui faire sentir que c'était elle l'intruse.

Paul lui fit franchir une grande porte double, puis longer un couloir tortueux parmi des rangées de fûts jusqu'à un petit palier. Là il l'introduisit dans une pièce vaste mais très peu meublée : un bureau, un fauteuil et une grande table entourée de chaises de bois.

— Voici le bureau de Robin, qui parfois sert aussi de pièce pour goûter le vin, annonça Paul. Vous pouvez laisser le plateau sur son bureau. Il viendra bientôt, j'en suis sûr.

Alisa pour sa part n'en était pas aussi certaine, mais elle posa le plateau sur le bureau. Elle regarda autour d'elle sans idée préconçue et ses yeux se dirigèrent vers l'extérieur de la pièce, où les tonneaux près desquels ils étaient passés étaient encore visibles.

— A quoi servent ces fûts? demanda-t-elle.

— On les utilise pour le vin à ses différents stades de vieillissement, expliqua Paul en la rejoignant sur le seuil pour avoir une meilleure vue. Toutes les barriques que vous voyez sont fabriquées en chêne français. Voudriez-vous visiter les caves?

La fabrication du vin était un mystère pour Alisa, elle accepta volontiers. Par ailleurs, elle n'était pas particulièrement pressée de retourner au-dehors où Renée et Robin étaient évidemment encore en palabres.

— Dans ce cas je suggère de commencer au commencement, c'est-à-dire au raisin.

De nouveau, ils empruntèrent le même couloir, mais en sens inverse, et se trouvèrent dans un autre bâtiment. Ils s'avancèrent vers l'endroit où l'on déchargeait du raisin dans une grande machine.

— Ceci est l'équeuteur-broyeur, de type Garolla, utilisé dans presque tous les vignobles de Californie. Il a éliminé du marché les fouleurs de raisin, remarqua-t-il avec une étincelle dans ses yeux bleus. Les grappes sont versées dans la machine soit par traction ou, comme ici, par une hotte, de manière à vider d'un seul coup nos grandes panetières. Des palettes sont actionnées à l'intérieur du cylindre, rejetant toutes les queues et broyant la peau dans la même opération. Ici nous traitons du raisin blanc. Il ira ensuite dans une presse qui en exprimera le jus avant fermentation.

Paul avait déjà amené Alisa près du pressoir, tout en faisant signe aux ouvriers. Il s'écarta pour ne pas les gêner.

— Le raisin noir fermente le premier afin que la couleur recherchée et les autres caractéristiques des vins rouges puissent être tirées de sa peau.

Il la conduisit plus loin, auprès d'un groupe de grandes cuves.

— C'est ici qu'a lieu la fermentation proprement dite. Les cuves de bois rouge de ce côté sont destinées aux vins rouges. Comme vous le pouvez voir... ou peut-être pas! ajouta Paul tandis qu'Alisa, dressée sur la pointe des pieds, essayait en vain de distinguer quelque chose.

— Celles-ci sont ouvertes, poursuivit-il. Mais l'oxygène est un ennemi mortel pour les vins blancs, aussi leurs cuves de fermentation sont-elles fermées.

— Quels sont ces objets à la base des cuves?

— Ce sont des dispositifs de refroidissement pour contrôler la température de fermentation. Parfois vous pourrez voir des hommes y insérer un thermomètre afin de s'assurer que la fermentation ne se fait pas trop rapidement. Elle consiste dans la conversion du sucre contenu dans le raisin en parts approximativement égales d'alcool et de dioxyde de carbone. Des ouvertures ont été ménagées sur les cuves fermées qui contiennent le raisin blanc, afin de permettre au dioxyde de carbone de s'échapper. La nature, pour développer la fermentation du raisin, permet la croissance des diverses espèces de levure qui se sont formées sur sa peau avant la cueillette. Mais on peut difficilement prédire leur évolution, c'est pourquoi nous en avons sélectionné des germes qui sont emmagasinés dans les laboratoires entre deux périodes de vendanges. Le terme « grand vin » est faux en fait, car il se réfère à une année précise. Or certaines sont meilleures que d'autres, d'où l'habitude d'utiliser la référence à la récolte d'une année en particulier. Si vous voulez observer le processus de fermentation, nous pouvons monter et regarder depuis la galerie dans les cuves de vin rouge.

Alisa répondit aussitôt par un signe affirmatif; tout cela l'intéressait de plus en plus. Elle suivit Paul dans l'escalier, et accepta avec gratitude la main qu'il lui tendait pour l'aider à gravir les marches raides. En marchant pratiquement entre les piliers de la charpente du bâtiment, Alisa fut enchantée de son nouveau point d'observation. Son regard plongeait exactement dans les réservoirs où la mousse blanche écumait à la surface du jus sombre dont elle sentait l'odeur entêtante.

— La majeure partie de la fermentation est terminée après une ou deux semaines. Dans le cas du vin rosé, on laisse le raisin fermenter dans sa peau seulement quelques heures. Ceci pour ne pas obtenir une couleur trop accentuée. Les grappes sont alors transférées dans d'autres barriques, sans leur peau. Quand le processus de fermentation se ralentit, le vin nouveau est transvasé dans des tonneaux ou des barriques de stockage.

Après s'être arrêté pour permettre à sa compagne d'observer les différentes manipulations, il l'entraîna de nouveau, vers un autre bâtiment. Là ils trouvèrent encore des cuves tout aussi énormes. les unes de bois, les autres, brillantes, en acier inoxydable.

— Collectivement on appelle ces cuves le chais. Elles sont de tailles et de matériaux variés, du bois au béton en passant par l'acier inoxydable. Chaque vigneron a des raisons bien personnelles pour utiliser l'un plutôt que l'autre.

Cette pièce avait une atmosphère hors-du-temps, sembla-t-il à Alisa tandis qu'ils avançaient lentement dans la forêt du chais. Dans ces murs tout était silencieux, et le silence semblait une attente. C'était un répit paisible qui portait en lui la promesse d'un accomplissement.

— Alors c'est pour l'amener ici que tu as enlevé ma femme, railla la voix de Robin qui résonna dans la grande salle.

Paul éclata d'un rire naturel, — ce dont il eût été incapable quelques mois auparavant, pensa Alisa.

— Un bien grand mot, Rob... Je lui révèle simplement les mystères de la fabrication du vin.

— Il y a un appel pour toi de San Francisco. Tu peux le prendre dans mon bureau.

Ses longues enjambées l'avaient amené auprès d'eux.

— J'ai tout montré à Alisa jusqu'au chais. Tu peux continuer à partir de là, annonça Paul avant de se tourner vers Alisa. Rob vous expliquera tout beaucoup mieux que moi!

Il la regardait en souriant avec affection, un vague regret dans les yeux.

— Vous vous sous-estimez, Paul, déclara-t-elle avec douceur.

Elle aurait souhaité pouvoir lui dire qu'elle ne désirait pas rester seule avec son mari, surtout pas dans ce bâtiment désert.

— Vous vous amusez encore de lui, hein, Alisa? constata Robin après le départ de Paul. Comme d'un poisson au bout de l'hameçon?

— Nous avons seulement visité les caves. Quoi de plus innocent?

— J'ai cru comprendre qu'il s'était rendu plusieurs fois à la maison ces temps derniers? persista-t-il.

— Dans le patio, bien visible aux yeux de tous. Peut-on en dire autant de tous vos tête-à-tête avec Renée?

— Vous vous battez toujours, pour chaque pouce de terrain, n'est-ce pas? sourit Robin avec un amusement presque détaché. La meilleure défense est encore une bonne attaque, c'est cela?

— En ce qui vous concerne, oui, répondit Alisa.

Elle lui tourna le dos et regarda sans désemparer les grands barils de bois.

— Dites-moi, pendant combien de temps le vin séjourne-t-il dans ces barils?

— Pourquoi essayez-vous de changer de sujet? s'exclama-t-il en riant. Vous avez peur?

— Oui.

— Je ne vous aurais pas crue assez honnête pour le reconnaître. Avez-vous peur de moi... ou de vous?

Il semblait plus proche maintenant, quoiqu'Alisa n'ait entendu aucun bruit de pas. Elle s'éloigna avec un haussement d'épaules dégoûté.

— J'aimerais voir le reste des caves. Si vous n'avez pas l'intention de me guider, je remonterai au bureau pour y attendre Paul.

Elle se retourna pour voir sa réaction à cet ultimatum. Il la regardait d'un air songeur et amusé. Il lui était pénible de rencontrer son regard, mais elle le soutint avec défi.

— Etes-vous réellement intéressée par les caves?

— Après tout, c'est la profession de mon mari, répondit-elle avec toute l'ironie dont elle était capable.

— Cela ne vous a jamais préoccupée auparavant, et il me serait difficile de croire que vous vous en souciez maintenant. Je dois donc en conclure que la chose en soi vous intéresse, déclara-t-il avec indolence, ignorant délibérément sa provocation.

Immédiatement après il ne fut plus qu'un homme d'affaires, s'exprimant en un langage clair et concis qui captiva malgré elle l'attention d'Alisa.

— Excusez-moi si je répète certaines choses que Paul vous a déjà expliquées. Les vins sont conservés ici dans le chais pendant des périodes différentes selon ce que doit être le produit fini. Les vins destinés à être consommés rapidement sont mis en bouteilles après quelques mois. D'autres, qui doivent subir une plus longue phase de vieillissement, sont prélevés de la cuve et transvasés dans d'autres tonneaux de plus en plus petits. Ces opérations peuvent durer d'un à trois ans.

Saisissant le bras d'Alisa d'une main ferme, il la guida jusqu'à un escalier qui menait à une cave.

— On change le vin de récipients pour deux raisons : pour le clarifier et pour intensifier les transformations entraînées par le vieillissement. Vous avez déjà vu que nous stockons quelques-uns des plus gros foudres dans le bâtiment où se trouve mon bureau. Nous en gardons quelques autres ici. A cette extrémité, nous rangeons les caisses de vin déjà mis en bouteilles. Jadis on empilait les bouteilles une à une, mais on a découvert que de les entreposer en caisses réduisait la manipulation et assurait une meilleure protection contre la lumière. Sous cette forme, le vin vieillit encore plusieurs semaines, des mois ou des années, selon le choix de l'exploitant.

Ses yeux s'arrêtèrent sur le visage attentif d'Alisa, et il poursuivit :

— De nos jours le vin n'est plus produit exclusivement pour les gens fortunés. Il s'adresse à tous. Avec les nombreuses variétés qui se trouvent sur le marché, chacun est assuré de trouver un vin selon ses goûts. Les vins chers d'importation sont toujours là comme symboles d'une certaine société, pour les riches; mais les gens plus modestes découvrent aussi le plaisir d'un verre de vin bon marché aux repas.

— Où faites-vous l'embouteillage?

— Dans un autre petit bâtiment derrière le bureau. Je ne peux pas vous y mener aujourd'hui car il est trop exigu. J'espère pouvoir l'agrandir l'année prochaine, expliqua Robin avec un sourire poli mais incroyablement distant. La fabrication des vins cuits et des mousseux est différente. Vous avez vu aujourd'hui les opérations de base, et c'est bien assez compliqué sans vous encombrer l'esprit d'autres procédés. Maintenant, je vais vous raccompagner et vous indiquer le chemin vers la maison.

— Ce qui veut dire que je me suis attardée dans votre domaine réservé aussi longtemps que vous vouliez bien me le permettre, lança Alisa sèchement, se dégageant brusquement de la main offerte pour l'aider à monter l'escalier.

— Ce qui veut dire : je n'ai pas déjeuné, j'ai faim, et j'ai encore beaucoup de travail! Et je ne suis pas en humeur de me disputer avec vous!

— J'ai compris! Dommage que je ne sois pas aussi malléable que Renée...

— C'est en effet regrettable.

Une expression de fatigue et d'ennui traversa son visage alors qu'il lui lançait un bref regard.

Dans un mouvement d'humeur, elle monta les marches en courant. Elle ne s'arrêta que pour permettre à Robin de lui montrer le chemin, puis se hâta dans le long couloir vers une autre porte qui donnait sur l'extérieur. Robin ne la suivit pas, et emprunta sans doute une autre sortie qui le conduirait à son bureau. Elle aspira profondément l'air frais à plusieurs reprises, décidée à secouer sa colère afin que personne ne pût s'apercevoir de son manque de sang-froid.

— Hello! Avez-vous terminé la visite? lui cria Paul qui se tenait près de sa voiture.

— Oui. Où allez-vous?

— Nulle part en particulier. J'allais juste faire quelques visites à des distributeurs avant de me rendre à San Francisco. Vous avez besoin de quelque chose?

Pendant ce temps elle l'avait rejoint. Jetant un regard par-dessus son épaule dans la direction du bureau de Robin, elle répondit :

— Je voulais vous proposer une boisson fraîche.

— J'ai le temps, dit-il en souriant. Voulez-vous rentrer en voiture, ou préférez-vous marcher?

— Prenons la voiture. Mes pieds en ont assez vu!

Alisa rit et observa le visage agréable, les cheveux blond cendré et les yeux bleus. Elle faisait là une mesquine tentative pour se venger du désir maintes fois exprimé par Robin de la voir cesser de fréquenter Paul, mais elle n'en avait cure. Elle voulait irriter son mari autant qu'il l'irritait. Par ailleurs, certaines questions la tracassaient, et Paul était justement celui qui pouvait lui fournir les réponses.

Lorsqu'ils furent installés dans le patio avec une grande cruche de citronnade glacée, Alisa maintint d'abord la conversation sur les caves et tout ce qu'elle avait vu. La maîtrise avec laquelle elle parvenait à manipuler Paul et à dominer la situation la surprenait elle-même. Doucement elle fit dévier le sujet sur Renée et la soirée prévue.

— Que savez-vous de Renée et Robin? demanda-t-elle finalement.

Elle ajouta vivement devant sa stupéfaction :

— Avant notre mariage, bien sûr.

Paul ne répondit pas tout de suite; il devait choisir prudemment ses mots.

— Ils étaient très souvent ensemble. A mon avis, presque tout le monde s'attendait à ce qu'ils se marient. Surtout Renée, et c'est sans doute pour cela que vous ne la voyez pas souvent.

— Pourquoi Robin ne l'a-t-il pas épousée? Les femmes sont forcément curieuses des relations de leur mari avant leur mariage; il me semble que ce mariage eût été parfait pour lui.

— C'est vrai. Monsieur Gautier ne faisait pas mystère de son désir de voir Rob reprendre ses vignobles.

Paul oubliait sa réticence à discuter de ce sujet avec Alisa.

— Ce n'est pas non plus comme s'il avait essayé d'imposer à Rob une fille laide. Renée est très belle, un peu trop gâtée à mon avis, mais jolie fille.

— J'aurais cru que c'était tout ce que Robin désirait. Sans doute Monsieur Gautier lui aurait-il donné la somme nécessaire pour moderniser ses installations.

Alisa devenait nerveuse. De nouveau lui venait ce terrible doute sur la raison pour laquelle Robin l'avait épousée. S'il pouvait obtenir tout ce qu'il voulait des Gautier, pourquoi donc l'avait-il épousée, elle, pour son argent?

— Sans doute, oui, affirma Paul en haussant les épaules. Cela dit, Robin est têtu et déterminé à contrôler seul sa propre destinée. Ces deux dernières années le vignoble Stuart a fait suffisamment de profit pour financer ses propres investissements. Renée est une femme exigeante. Robin a dû préférer se borner à prendre plaisir à sa compagnie sans s'embarquer dans un mariage d'intérêt.

C'est pourtant ce qu'il a fait, pensa Alisa. Bien sûr, leur contrat ne tenait que pour un an, sans option de renouvellement...

— Paul, étaient-ils... étaient-ils intimes?

Elle était penchée vers lui, son regard demandait ardemment une réponse. Il détourna les yeux, et le bronzage de ses joues s'accentua.

— Je ne crois pas que Rob avait besoin de l'épouser pour obtenir ce qu'il voulait sur ce plan.

Puis, la regardant de ses yeux troublés :

— Alisa, c'est de l'histoire ancienne, nous ne devrions même pas en parler. Rob est votre mari maintenant. Tout est fini entre lui et Renée.

— Et si... si je vous disais que cela continue?

Alisa était inconsciente de la douleur qui emplissait son regard.

— Vous ne parlez pas sérieusement. Rob ne vous ferait pas cela. Il est parfois dur, et même cruel, je le sais, mais malgré ses nombreuses aventures passées, il m'est impossible de l'imaginer continuant maintenant qu'il est marié. Croyez-moi, Alisa.

Sur ses mots il prit la main d'Alisa.

— J'aimerais vous croire, Paul. C'est terriblement humiliant pour moi de penser que...

Elle s'interrompit. Ridicule, se dit-elle : elle avait presque l'air d'être jalouse... Non, elle était simplement furieuse que Robin puisse agir ainsi sous son nez. Elle reprit :

— Vous avez bien vu, Paul, comme elle vient souvent aux caves. Elle ne s'arrête jamais à la maison. Elle se rend seulement là où elle sait trouver Robin seul.

— En avez-vous parlé avec lui?

— Il refuse. J'avais besoin d'en discuter avec quelqu'un. Je n'ai personne à qui m'adresser, à part vous.

— Vous connaissez mes sentiments pour vous, Alisa. Rien n'a changé. J'aimerais presque qu'il y ait vraiment quelque chose entre Robin et Renée. Si la situation devient impossible pour vous, vous pourrez toujours m'appeler, où que ce soit, à tout moment.

Elle sourit pour le remercier avant de lui demander :

— Cette soirée, est-ce vraiment si important? En fait, je n'ai pas envie d'y aller.

— Il vous le faudra pourtant, Alisa. Sinon ce serait une véritable insulte pour les Gautier. Ils invitent un petit nombre de gens triés sur le volet, et ne pas répondre à leur invitation serait très mal interprété.

— C'était juste une idée.

De toute façon, si la soirée avait tant d'importance, Robin la tirerait par les cheveux si nécessaire... Alisa n'avait pas d'autre possibilité que d'y aller et d'essayer de démasquer Renée.

— Je dois partir, Alisa. Mais rappelez-vous : vous pouvez m'appeler à tout moment.

Paul se leva, gardant sa main dans la sienne.

— Je me souviendrai, Paul. Merci d'être ici.

Elle se sentit apaisée par la franche sollicitude de son regard bleu.

8

Alisa ajusta la psyché, puis se recula pour juger de l'effet. Après avoir passé près d'une journée à San Francisco, dans les meilleures boutiques de la ville, elle avait finalement trouvé la robe qu'elle porterait à la réception des Gautier le soir même. Bien qu'elle s'efforçât maintenant de se montrer critique, une lueur de triomphe illumina ses yeux.

C'était une création originale d'un couturier français. Le tissu, riche et chatoyant, bleu nuit, frôlait suggestivement son corps, mettant en valeur ses longues jambes et accentuant par contraste le blond pâle de ses cheveux comme le ciel sombre de la nuit fait valoir la clarté de la lune. Mais c'était surtout le style de la robe qui avait attiré Alisa, hardi, sensuel et élégant tout à la fois. Plongeant profondément dans le dos, et le devant retenu audacieusement par un lien : ses seins n'étaient pas à proprement parler découverts, mais largement suggérés. Alisa n'avait jamais jusqu'alors porté aucune toilette qui exposât à ce point son corps. Mais cette robe éclipserait sans doute celle de Renée, et tel était précisément le but d'Alisa.

Elle prit sur le lit le châle assorti. Il dissimulait discrètement le décolleté plongeant. Les deux pans pouvaient se glisser dans un bel anneau de strass, voilant ainsi l'échancrure hardie. Elle portait des sandales argentées à talons fins et brillants qui mettaient en valeur ses chevilles fines.

Alisa eût aimé que Christine soit là pour admirer avec elle ce chef-d'œuvre de robe du soir. Mais, plutôt que d'imposer à Nora une soirée à la maison avec Chris, elle avait permis à sa petite sœur de passer la nuit chez l'une de ses nouvelles camarades d'école, et l'enfant en avait été enchantée, comme d'une aventure d'adulte.

Saisissant son sac de soirée en strass, Alisa jeta un dernier coup d'œil dans le miroir, lissa ses cheveux d'or pâle relevés en un gros chignon de boucles. Elle avait entendu Robin quitter sa chambre quelques minutes auparavant et savait qu'il devait l'attendre en bas. Il refermait tout juste la porte de son cabinet de travail lorsqu'elle descendit lentement l'escalier, sentant ses yeux sur elle mais lui refusant les siens. Quand il s'avança vers la dernière marche pour prendre son bras, Alisa leva la tête d'un air détaché, mais elle admira à part soi la veste de smoking blanche parfaitement coupée pour mettre en valeur les larges épaules et la taille mince. Lui aussi était terriblement attirant.

— Ma femme me fait honneur, ce soir!

Il y avait une qualité de cynisme, une intonation sardonique fort irritante dans sa voix. Un instant, Alisa se sentit quelque peu déconcertée. Mais l'admiration évidente dans ses yeux sombres lorsqu'il s'inclina vers elle restaura son humeur confiante. Elle lui retourna le compliment.

— Et vous, vous êtes tout simplement admirable. Partons-nous?

Ils allèrent jusqu'à la voiture en silence. Lorsqu'ils eurent atteint la grand-route seulement, Robin se décida à parler.

— Il ne s'agit pas là d'un cocktail ordinaire. Les invités seront des propriétaires récoltants comme moi, avec leurs familles. Ils sont, au cours des années, devenus de vrais amis de Louis Gautier. On ne servira que du vin, puis probablement du champagne. C'est une tradition très chère aux Gautier, qui remonte à leurs premières vendanges. C'est une célébration joyeuse et solennelle à la fois. J'espère que vous l'accepterez comme telle et que vous ne vous laisserez aller à aucune scène.

— Je n'en ai pas l'intention, sourit Alisa. Mais j'espère, quant à moi, que la fille de notre hôte partage vos vues.

— Je ne m'inquiète pas pour Renée, déclara Robin d'un air sombre.

Alisa aurait eu plaisir à trouver une réplique appropriée, mais ils étaient déjà arrivés. Un regard sur l'imposante demeure lui suffit pour la ranger dans les « châteaux », alors que la maison de Robin était, simplement, une belle propriété de campagne. Elle était très vaste, tout en longueur et recouverte d'un haut toit plongeant aux tuiles rouges. La magnifique pelouse était l'œuvre de rêve d'un paysagiste; l'effet général était colossal et somptueux.

Robin arrêta leur voiture dans un grand enclos de la cour pavée réservé aux automobiles; elles étaient déjà nombreuses. Il ne semblait pas nécessaire de continuer la conversation tandis qu'ils parcouraient la courte distance jusqu'à la porte principale, richement sculptée. A peine l'eurent-ils atteinte qu'elle s'ouvrit. Un domestique en livrée les conduisit dans un vaste salon Louis XIV meublé de splendides pièces d'époque. Leurs hôtes se tenaient près de la porte pour accueillir leurs invités. Louis Gautier salua Robin avec joie, en lui secouant la main avec le plus grand enthousiasme.

— Robin, comme c'est gentil à vous d'être venus!

— Tu sais bien que nous n'aurions manqué votre fête pour rien au monde. Elle fait partie des vendanges tout autant que le raisin lui-même!

Louis se tourna alors vers Alisa, et lui baisa la main à la façon de ses ancêtres français.

— Chère amie, vous êtes délicieusement belle ce soir. Votre robe a la couleur de mon pinot noir lorsqu'il reflète la teinte veloutée de nos ciels clairs. C'est avec ce raisin que je fais mon meilleur vin.

— Je suis flattée, murmura Alisa, réchauffée par la galanterie de cet homme charmant.

— Espérons qu'il sera aussi beau à voir et aussi merveilleusement tentant que votre robe.

Robin, une main légèrement posée sur le châle couvrant le dos d'Alisa, intervint :

— Tu surestimes la robe de ma femme et tu sous-estimes ton vin, Louis, j'en suis sûr.

— Voulez-vous enlever votre châle, Madame Stuart? demanda courtoisement Louis.

Une lueur admirative s'alluma dans les yeux du plus âgé des deux hommes lorsque la jeune femme eût fait glisser le châle de ses épaules. Il y eut un son à peine perceptible sur sa gauche, et elle y dirigea son regard. Renée, positivement resplendissante dans une longue robe de velours rouge l'observait avec une haine évidente. Alisa eut une expression hautaine et triomphante devant ce regard malveillant.

— Je crois que c'est toi, Robin, qui a sous-estimé ta femme, conclut tranquillement Louis.

— Peut-être, en effet...

Robin baissa les yeux sur elle, des yeux voilés, indéchiffrables.

Un nouveau groupe d'invités arriva, et les Stuart avancèrent dans la pièce. Etrangement, Renée était invisible. Alisa se rendit compte que sa victoire avait été temporaire : la soirée était encore devant elle. Elle avait espéré recevoir de Robin quelque commentaire sur sa robe, mais il n'en fit nulle mention. D'ailleurs, sauf pendant les présentations à divers invités, il l'avait à peine regardée, attitude qu'elle ne pouvait s'expliquer. Seuls les regards plus qu'admiratifs des invités mâles rassurèrent Alisa sur l'effet produit par sa robe, bien que son propre mari ait montré une indifférence totale devant son décolleté généreux.

La douce mélodie interprétée avec talent par un quatuor à cordes, dans un coin du salon, s'était tue. Il y eut des « chut » dans la foule des invités lorsque Louis Gautier s'avança vers le centre de la pièce. Il s'y arrêta, avec une assurance aristocratique soulignée par la distinction de son allure, et attendit. C'était sans aucun doute un signal, car presque aussitôt un groupe de serveurs habillés de noir apparut, portant des plateaux de verres semblables qui furent distribués aux personnes présentes.

— Mesdames, Messieurs, commença Louis de sa voix sonore, cette nuit marque la fin de nouvelles vendanges, dont nous allons célébrer le succès. La culture du raisin fut entreprise en Californie voici deux cents ans, par des missionnaires espagnols. Depuis ce temps, les vignobles et les caves ont combattu les maladies, les incertitudes de la Nature, et le Congrès de Washington avec sa loi sur la prohibition — (ici rires étouffés et sourires entendus) — mais nous autres « vignerons », ainsi que nos raisins, nous avons résisté à tout cela. Aujourd'hui nous pouvons concurrencer les meilleurs vins du monde entier. Levons ce soir nos verres au temps où notre champagne pétillant de Californie aura gagné la délicatesse typique de son homonyme européen. A notre vin de Californie!

Il y eut un tintement des verres, levés pour le toast. Paul murmura derrière Alisa :

— C'est une concession qui n'est faite qu'en présence d'amis exploitants. En public, personne n'admettrait que notre vin de Californie n'est pas aussi bon, sinon meilleur, que les vins européens.

Alisa se retourna pour saluer Paul. Robin regardait la scène, indulgent et détaché, comme s'il était sûr qu'il n'avait aucune raison de voir en Paul un rival. Son indifférence agaça la jeune femme qui fit appel à tout son charme.

— Je vous ai cherché, mais je ne vous avais pas vu arriver.

Le reflet de sa robe scintillante rendait le bleu de ses yeux encore plus profond.

— Je vous ai aperçue au moment même où vous êtes entrée dans la pièce, répondit Paul en la dévorant du regard. Vous êtes particulièrement ravissante ce soir.

Une relation de Robin vint mobiliser son attention, mais il continua de regarder Alisa d'un air amusé.

— Que pensez-vous de cette petite assemblée? poursuivit Paul.

Alisa rit, examinant autour d'elle les femmes richement parées et les hommes en grande tenue.

— Terriblement conventionnelle, n'est-ce pas?

— La production du vin est une affaire extrêmement traditionnelle et très sérieuse, sourit Paul, suivant son regard. Etudiez les hommes : voyez comme ils font tourner le vin dans leurs verres, humant son bouquet avant de se permettre d'y porter les lèvres, comme ils examinent sa couleur à la lumière, sans se cacher le moins du monde. C'est seulement le meilleur champagne Gautier qui sera servi ici ce soir, car il s'agit d'un groupe d'authentiques connaisseurs rassemblés pour rendre hommage à l'un de leurs pairs.

Alisa l'écoutait à peine. Elle avait l'œil sur Renée. Celle-ci se frayait lentement un passage dans leur direction, ou plus exactement celle de Robin. Elle se suspendit possessivement à son bras gauche après s'être glissée entre lui et Alisa, leva son visage vers le sien et, provocante, lui murmura quelques mots. Alisa, dans un silence furieux, étudia la façon dont Robin baissait les yeux vers Renée, et les promenait avec admiration sur son visage et sa robe. Ils se parlaient si bas qu'Alisa ne put comprendre ce qu'ils se disaient. L'interlocuteur de Robin s'éloigna discrètement, ce qui ne fit qu'augmenter l'irritation d'Alisa. Finalement, Renée caressa de deux doigts la joue de son compagnon et s'éloigna dans un tourbillon. Ce faisant elle croisa un bref instant le regard d'Alisa, ses yeux sombres brillant d'un incontestable défi.

— Ne vous laissez pas intimider, conseilla Paul en un réflexe immédiat.

La jeune femme sursauta et eut un sourire d'excuse pour s'être laissé distraire.

— J'essaie, soupira-t-elle.

— Qu'essayez-vous? intervint Robin, répondant par la moquerie à son regard glacé. J'ai remarqué que vous n'aviez pas salué la fille de notre hôte.

— J'ai remarqué, moi, qu'elle ne m'a pas saluée. Evidemment elle était trop occupée à contempler les yeux de mon mari pour s'aviser de ma présence, n'est-ce pas?

— Croyez-vous? Je n'ai rien vu.

Paul, mal à l'aise, les regardait l'un après l'autre. Alisa buvait nerveusement son champagne.

— Vous ne devriez pas absorber du champagne aussi vite, conseilla Robin avec calme. Cela va vous monter à la tête.

Alisa, révoltée, termina son verre et fit signe à l'un des serveurs qui lui en apporta promptement un autre. Sa main tremblait légèrement de colère réprimée quand elle s'en saisit avec raideur.

— Robin! cria gaiement Renée, retraversant la foule des invités pour rejoindre le trio. Papa dit que nous pouvons commencer à danser. Je t'ai choisi pour être mon premier cavalier.

Sa voix couvrait aisément le bruit des conversations. Robin s'inclina devant Alisa, avec un sourire ironique.

— Avec votre permission...

— Et si je refuse? siffla-t-elle d'une voix audible pour lui seul.

— Dans ce cas vous provoquerez une scène.

Il répondit sur le même ton et mit dans sa façon de prononcer le « vous » quelque chose de péjoratif.

Alisa n'avait pas le choix, et elle donna d'un signe de tête son assentiment. Mais elle évita le regard triomphant de Renée, et se tourna vers Paul en souriant, comme si rien ne s'était passé. Cependant malgré tous ses efforts il lui fut impossible de ne pas jeter un coup d'œil vers la piste de danse où le couple évoluait lentement dans une étreinte extrêmement intime. Lorsque la musique s'arrêta, Robin ne revint pas près de sa femme, mais il entraîna d'autres jeunes femmes sur la piste, sans se rapprocher une seule fois d'Alisa. Elle dansa deux fois avec Paul, et lança un sourire mondain à Robin chaque fois qu'ils le rencontrèrent avec sa cavalière sur la piste.

Elle venait de boire un autre verre de champagne et se préparait à allumer une cigarette lorsque le maître de maison s'approcha pour l'inviter. Robin était de nouveau sur la piste, avec Renée. Alisa accepta aussitôt l'invitation de Louis Gautier, et découvrit que c'était un très bon danseur, dont les pas souples s'accordaient facilement aux siens. Quand la musique prit fin, ils furent applaudis largement par de nombreux invités. Louis venait tout juste d'insister pour qu'elle lui accordât une autre danse, lorsque Robin lui donna une légère tape sur l'épaule.

— Je n'ai pas eu jusqu'à présent le privilège de danser avec ma femme. Cela ne vous ennuie pas?

Louis eut un soupir entendu, puis il s'inclina et s'éloigna.

— Je ne pensais pas que vous vous en aperceviez, railla Alisa, à moins qu'il ne se soit agi d'appliquer la formule « le plaisir d'abord, le devoir ensuite »?

— On attrape plus d'abeilles avec du miel qu'avec du vinaigre, répliqua Robin, l'entraînant d'une poigne d'acier afin de l'accorder à son pas.

— De toute manière qui désirerait se faire piquer par une abeille? lança Alisa d'un ton courroucé.

Elle réalisait en effet qu'il la tenait à distance respectueuse. Lorsqu'il dansait avec elle il ne pouvait apparemment être question d'un corps touchant l'autre. Même quand il devait éviter un autre couple, il parvenait à le faire sans rapprocher Alisa de lui.

— Avec certaines personnes, l'abeille ne pique pas.

— Comme Renée?

— Peut-être.

Il lui sourit mystérieusement, ses yeux explorant le beau visage presque avec indifférence.

— Vous n'avez pas dit si vous aimiez ma robe...

— Non? Elle est très jolie. Un peu osée pour vous, cependant, persifla-t-il, s'amusant de la vive lueur de colère dans ses yeux.

— Comment pouvez vous le savoir?

La musique cessait, et Alisa se serait volontiers éloignée, mais Robin n'avait pas lâché son bras; il la conduisit avec égard jusqu'au bord de la piste où se tenait Paul. Puis aussitôt il se dirigea vers Mme Gautier pour l'inviter. Alisa s'éloigna, accompagnée de Paul qui la suivait anxieusement. Un des serveurs lui offrit un verre de champagne, elle accepta. Elle prit la cigarette que Paul lui tendait. Il la regardait tirer des bouffées rapides, rageuses.

— Alisa... commença-t-il avec hésitation.

— Je n'accepterai pas d'être traitée de cette façon. Je n'accepterai pas le rôle d'un colis quelconque qu'il pourrait mettre de côté s'il en a envie et reprendre quand il imagine que c'est son devoir!

Ce disant, elle avait regardé avec colère Renée qui venait de séparer Robin de sa mère.

— Alisa...

Paul essayait de la calmer.

— Regardez comment il danse avec elle! Ils font pratiquement l'amour là, sur la piste!

— Tout de même pas... protesta Paul, qui se demandait comment il pourrait bien s'y prendre pour lui faire entendre raison.

Elle éteignit sa cigarette d'un air absent dans le plus proche cendrier.

— Je ne resterai pas ici une minute de plus. Paul, voulez-vous me ramener à la maison?

— Vous ne pouvez pas partir, pas sans Robin. Cela aurait un effet désastreux.

— Ah oui? Combien désagréable pour lui! ironisa Alisa, qui termina son verre et le posa sur le plateau d'un serveur qui passait.

— Alisa, soyez raisonnable!

— Je le suis. Ou bien vous me raccompagnez ou bien je rentre à pied.

— Je vous ramène, soupira Paul à contrecœur.

Il sortit pour aller chercher la voiture, et Alisa attendit que l'un des domestiques apportât son châle. Elle faisait impatiemment les cent pas dans le hall, à demi rassurée. Robin aurait pu se montrer et essayer de la dissuader, et en fait elle espérait à demi qu'il le ferait. Mais seule Mme Gautier se montra, contrariée qu'Alisa se retirât si tôt.

— J'ai un affreux mal de tête, mentit Alisa, et bien que j'aie beaucoup apprécié votre soirée, il ne veut pas passer.

La maîtresse de maison accepta cette explication et promit de transmettre à son mari la reconnaissance d'Alisa pour l'invitation. Celle-ci fut grandement soulagée de voir arriver le domestique avec son châle. Expédiant ses adieux et renouvelant ses excuses, elle se précipita vers la voiture de Paul.

— Etes-vous sûre de ne pas changer d'avis, Alisa? Après tout, Robin est obligé de se montrer poli avec Renée.

— Je ne vous ai pas vu danser avec elle... Et je ne veux plus en parler.

Elle se tourna alors vers la vitre et le ciel étoilé. Paul accepta son ultimatum en silence, risquant un regard vers sa silhouette immobile profilée sur le pâle clair de lune. Elle était en pleine confusion, ses pensées agitées d'un chaos de colère, de pitié de soi, d'indignation et de résignation tour à tour. Ses émotions étaient tellement renfermées au fond d'elle-même qu'il lui eût été difficile de dire pourquoi elle souffrait; mais elle sentait dans sa gorge une douleur qui l'empêchait de parler. Lorsque la voiture s'arrêta sur le gravier devant chez elle, Alisa regarda la maison sans presque la voir. Le jour semblait si lointain où Robin les avait amenées ici, elle et Christine. L'avenir avait alors semblé bien différent. Elle pensait encore qu'elle pouvait tout résoudre; mais il lui avait été impossible de régler le problème Robin; il l'avait bloquée à chaque mouvement.

Paul sortit et vint lui ouvrir la portière.

— Voulez-vous que je vous accompagne jusqu'à la porte?

— Non, répondit-elle brièvement, la gorge serrée.

Saisissant le bras offert, elle sortit de la voiture. Il garda sa main dans la sienne pour la maintenir à son côté, et scruta son visage de ses yeux perdus. Alisa eût aimé pouvoir le rassurer, lui affirmer que tout allait s'arranger, mais elle ne le croyait pas elle-même.

— Alisa, murmura Paul comme une caresse, l'attirant dans ses bras et la pressant contre lui. Je voudrais pouvoir dire ou faire quelque chose.

Elle eût un mouvement de protestation, bien timide, qui amena la main de Paul sur son menton. Doucement il le leva au niveau du sien, et se pencha pour frôler les lèvres d'Alisa d'un baiser apaisant, contrôlé. Puis, comme à regret, il la délivra et la suivit des yeux alors qu'elle s'avançait avec lenteur vers la maison. Elle se retourna une fois pour lui faire signe et resta sur le seuil à le regarder partir, avant d'entrer dans le large hall. Son châle semblait lui peser sur les épaules, aussi le posa-t-elle négligemment sur le premier meuble à sa portée. Le claquement de ses talons résonna dans la maison vide lorsqu'elle traversa l'entrée pour se rendre dans la salle de séjour, les bras frileusement croisés pour supprimer le frisson qui semblait la gagner toute.

— La scène d'adieu fut très courte...

Alisa releva vivement la tête pour apercevoir Robin dans un des fauteuils de la pièce obscure.

— Comment êtes-vous arrivé ici? demanda-t-elle avec stupeur.

Il se leva et vint vers elle, en expliquant calmement :

— Dès que j'ai entendu dire que ma femme n'était pas bien, j'ai pris le raccourci par les vignes.

— Je suppose que vous êtes en colère, soupira Alisa, à qui il était soudain indifférent qu'il le soit ou non.

— Que vous ayez quitté la soirée, ou de vous avoir vue embrasser Paul à l'instant?

— Les deux, j'imagine.

— Le premier fait m'a fourni une bonne excuse pour quitter moi aussi la soirée... Et le second m'a rappelé votre inexpérience de l'amour.

— Ce baiser ne signifiait rien, affirma-t-elle sur un haussement d'épaules.

— Un baiser signifie toujours quelque chose. Je pense qu'il est temps de vous montrer de quoi je parle. Il existe toutes sortes de baisers, chacun ayant son but précis.

Alisa était troublée. Elle ne s'était pas attendue à ce genre de réaction de la part de Robin. Au moment même où il s'avança pour lui prendre les bras, la légèreté, la douceur de son geste eût rendu ridicule toute tentative pour y échapper. Aussi se tourna-t-elle au contraire vers lui, le visage levé, curieuse de découvrir ce qu'il allait faire.

— Tout d'abord, il y a le baiser-devoir, comme par exemple celui que vous m'avez donné le jour de notre mariage.

Ses lèvres frôlèrent celles d'Alisa, avec une qualité de flegme surprenante.

— Puis il y a le baiser entre deux tendres amis.

Là aussi c'était un baiser léger, mais cette fois il y entrait, semblait-il, une certaine chaleur. Robin paraissait ne pas attendre de résistance de la part d'Alisa, qui d'ailleurs n'en opposait aucune. Il poursuivit sa démonstration.

— Bien sûr, nous avons aussi le baiser de séparation du soir.

Lorsqu'à nouveau les lèvres de Robin se posèrent sur les siennes, Alisa sentit une légère pression qu'elle trouva agréable. La lenteur avec laquelle la bouche de son mari délivra la sienne lui laissa un sentiment de regret.

— Le baiser que voici est, j'imagine, du type de celui que Paul vous a donné, d'une personne qui aime, mais ne doit pas le montrer.

Des épaules d'Alisa, les mains de Robin glissèrent sur son dos, et il l'attira plus près, l'embrassant avec une apparente désinvolture, et sans passion. Cela ressemblait effectivement à la façon dont Paul l'avait embrassée, à cela près qu'elle n'en éprouvait pas la même sensation. Il se passait quelque chose, et Alisa n'était pas sûre que cela lui fasse plaisir. Lorsqu'il la lâcha, elle tenta de s'échapper. Mais il lui dit doucement, d'un air de reproche :

— Pas encore... Il en existe encore un. Vous pouvez sûrement résister à un autre, juste un?

— Tout ceci est... c'est idiot, bredouilla-t-elle.

— Celui-ci : Le baiser d'un homme à une femme qu'il aime.

Pendant qu'il l'attirait doucement dans ses bras, il n'y avait plus guère qu'un soupçon de résistance chez Alisa. Répondant à l'ardeur incroyablement persuasive du baiser, un éclair d'une douceur exquise la traversa, et ses lèvres s'entrouvrirent presque spontanément. A cette faible marque d'une participation de la part d'Alisa, Robin la pressa plus fort contre lui, ses mains s'appuyant sur ses reins. Alisa tenta de se rappeler ses résolutions : elle ne devait pas répondre, elle ne devait pas lui montrer que, pour la première fois de sa vie il lui était agréable d'être embrassée, et qu'elle ne ressentait plus aucune répugnance dans ses bras. Mais ce fut en vain. Ses doigts saisirent le revers de sa veste tandis que sa passion répondait à la sienne. Avec regret les lèvres de Robin quittèrent sa bouche. bien qu'inconsciemment elle se rapprochât de lui pour les lui offrir de nouveau.

Elle leva les yeux et regarda son visage. à peine visible dans la lumière décroissante de la lune. Mais elle ne put se tromper au regard ardent et passionné des yeux baissés vers les siens. Un tremblement l'agitait toute, et son cœur battait anormalement vite. A travers ses vêtements elle pouvait sentir l'affolement de celui de Robin. Une grande joie l'inonda devant la réaction de son mari.

— Est-ce tout?

Sa voix était sourde et confuse, et cela le fit sourire. Il dit non de la tête.

— Lorsqu'un homme désire faire l'amour à une femme, il peut l'embrasser ainsi.

Cette fois, pas de douceur. Immédiatement Alisa fut submergée par le don exigeant de sa bouche. Mais plus effrayée encore par l'étrange sensation qui prenait possession de son corps, la chaleur croissante dans ses reins, dans ses membres, qui semblait lui ôter toute force hormis celle de succomber à toutes ses exigences.

Il ne peut y avoir qu'une explication, cria une voix en elle : tu l'aimes. Oui, oui, je l'aime, répondit son cœur. Et elle s'abandonna avec extase à son baiser.

Peu importait qu'elle eût si souvent dans le passé ironisé sur l'amour. Elle avait toujours ignoré de quoi il s'agissait, ignoré qu'il pût renfermer de telles merveilles de joie et de bonheur. Elle glissa ses bras autour du cou de Robin en se dressant sur la pointe des pieds, pressée contre son corps, aimant de lui tout ce qui la touchait. Brusquement il abandonna ses lèvres; sa poitrine se soulevait et s'abaissait en un rythme précipité.

— Rob, Rob, murmura Alisa.

Elle cachait son visage contre la veste de Robin, confuse et effrayée à l'idée de rencontrer son regard après avoir si évidemment montré ses sentiments en répondant à son étreinte.

— Vous apprenez vite. Ce n'est pas le champagne, dites-moi?

Alisa répondit par un signe négatif. Il la contraignit doucement à lever la tête; elle lui adressa un regard de parfaite adoration. Il reprit alors :

— Dès que je vous ai vue dans cette robe j'ai su que je désirais vous tenir ainsi dans mes bras... Vous ne devriez pas regarder un homme de cette façon, Alisa. Il se croirait autorisé à tirer certaines conclusions.

— Je ne savais pas... je ne savais pas que cela pouvait être ainsi, chuchota-t-elle en resserrant son étreinte.

Robin gémit doucement avant de prendre à nouveau ses lèvres, puis il fit pleuvoir des baisers sur ses yeux, son nez, ses oreilles, son cou, et encore ses lèvres. Ses mains bougeaient sur la peau nue du dos d'Alisa en une caresse profonde, comme s'il tentait une façon nouvelle de l'incruster davantage contre lui, le désir douloureux de leurs deux corps conjugué dans la recherche d'un accomplissement. Lorsqu'il glissa sa main pour saisir un des seins ronds et tendus d'Alisa, elle fit entendre un petit soupir de crainte et de plaisir mêlés. Presque immédiatement il ôta sa main et dans un lent mouvement ses lèvres quittèrent celles de sa femme.

— Non! protesta-t-elle faiblement.

— Alisa, vous ne savez pas ce que vous faites. Ou bien nous arrêtons maintenant ou...

— Je sais, s'entendit-elle répondre, surprise de son propre calme, tout en lui offrant sa bouche.

D'un seul mouvement, il la prit et enleva Alisa dans ses bras. Il l'avait portée jusqu'à l'escalier, et son pied était déjà sur la première marche quand la sonnerie du téléphone déchira le silence. Il baissa les yeux, ses lèvres frôlant le bras qui entourait son cou.

— Le laisserons-nous sonner?

Alisa hésita.

— Cela pourrait être Chris. S'il s'est passé quelque chose...

Il soupira avec un regret qui précipita encore les battements du cœur d'Alisa. A la lumière de son amour elle pouvait maintenant comprendre certains épisodes de leur vie passée et de sa haine pour Renée.

— J'aurais dû arracher ce sacré engin du mur, grommella Robin en la remettant sur ses pieds.

— J'y vais! s'écria-t-elle en souriant, heureuse de lui voir ressentir le même ennui qu'elle-même.

Il lui vola un petit baiser avant qu'elle s'élance vers le téléphone du hall, d'où elle se retourna pour admirer cet homme grand et beau qui était son mari, et qu'elle aimait maintenant si profondément.

— Ici la propriété Stuart, annonça-t-elle.

— J'aimerais parler à Robin, s'il vous plaît, demanda la voix de Renée.

Le cœur d'Alisa s'arrêta net. Elle avala convulsivement en essayant de répondre. Une vague de honte la submergea : elle s'apercevait que, pas une fois, Robin n'avait dit qu'il l'aimait. Pourtant ne s'était-elle pas enfoncé dans la tête que les hommes n'ont pas besoin d'aimer pour faire l'amour?

— Alisa, qu'y a-t-il?

A l'expression du visage de sa femme, Robin l'avait rapidement rejointe.

— Qui est-ce?

— Renée... Je suppose que vous avez oublié... encore un rendez-vous.

Sa douleur était telle qu'elle pouvait à peine parler.

Robin semblait osciller devant elle, dans le brouillard de larmes qui obstruait sa vue. Elle lui tendit le récepteur et se précipita vers sa chambre. Il lui cria de revenir, mais elle ignora son appel. Lorsqu'elle l'entendit répondre au téléphone, elle redoubla son allure. Elle ne s'arrêta qu'après avoir refermé sa porte, à laquelle elle s'adossa, sa tête roulant de droite à gauche dans une agonie de honte. Elle le désirait; elle l'aimait; et elle le désirait encore, même sachant qu'il lui était infidèle, même sachant que peut-être il ne lui serait jamais fidèle. C'était là sa honte, son humiliation. Mais elle savait également qu'aussi grand que soit son désir, elle ne pourrait jamais répondre au sien sans son amour.

Elle vérifia la porte. Impossible de la verrouiller! Dans quelques minutes, Robin monterait. Et il n'existait aucun moyen de s'enfermer! Elle explora la pièce du regard et fixa son attention sur la chaise à haut dossier dans un angle. Alisa courut la chercher et la coinça sous la poignée. C'est alors que lui parvint du couloir le bruit du pas assuré de Robin. Lentement elle recula à l'intérieur de la chambre, retenant inconsciemment sa respiration à mesure qu'il approchait. Son dos heurta le mur près de la fenêtre. Ses yeux, comme hypnotisés, n'avaient pas quitté la poignée de la porte.

— Alisa?

La poignée dorée tourna, et la porte s'entrouvrit de quelques centimètres avant d'être stoppée par la chaise. Robin frappa du poing, et sa voix était pleine de colère lorsqu'il cria :

— Alisa! Ouvrez cette porte!

Alisa se mordit les lèvres pour s'empêcher de crier sa réponse. Elle se tairait.

— Alisa! J'ai à vous parler, reprit-il en dominant sa colère. Renée appelait pour savoir si tout allait bien. Je n'ai jamais eu l'intention de la voir ce soir.

« Evidemment », pensa amèrement Alisa, « elle

voulait simplement savoir si tout allait bien. Dans ce cas, pourquoi ne me l'a-t-elle pas demandé? »

— Alisa, ouvrez-moi!

Robin était en colère. Eh bien! Tant pis! criait le cœur d'Alisa. Qu'il connaisse la déception que je ressens!

Qu'allait-il faire? se demandait-elle. Forcerait il la porte? Avec la chaise sans doute était-ce impossible. Le silence se prolongea quelques minutes, puis elle entendit un juron étouffé et ses pas qui s'éloignaient. Alisa se tourna alors lentement vers la fenêtre; tous ses muscles étaient terriblement douloureux; elle regarda au-dehors. Elle appelait l'apaisement que lui eurent apporté des larmes, mais elle n'en avait pas. Elle croisa ses bras sur sa poitrine et se balança doucement, essayant de bercer sa douleur trop profonde pour être apaisée.

Il y eut un déclic, et la lumière envahit la pièce. Se retournant, Alisa aperçut Robin près de la porte de la salle de bains qui faisait communiquer la chambre d'Alisa avec celle de Christine. Elle avait oublié. Elle avait été assez sotte pour cela. Ses yeux douloureux virent la colère noire du visage de Robin.

— N'aurait-il pas été plus simple de m'ouvrir? demanda-t-il ironiquement.

Elle ferma brièvement les yeux et lui tourna le dos pour regarder par la fenêtre.

— Bon sang, pourquoi ne voulez vous pas me parler? Je peux tout expliquer si vous me donnez une chance!

Et il s'approcha d'elle à pas rapides.

— Sortez d'ici, Robin! s'écria-t-elle, son ancienne froideur retrouvée.

— Vous voudriez que j'oublie ce qui s'est passé en bas?

— Imputez cela au champagne et au clair de lune. Après tout, qu'est-ce que quelques instants gâchés?

— Mais c'est arrivé. C'était réel. Je n'accepterai pas...

Il la prit aux épaules. Avec une violence surprenante, elle se dégagea.

— Ne me touchez pas ! Ne me touchez jamais plus !

Elle avait perdu tout sang-froid. Robin baissa les yeux sur elle, la flamme rageuse de son regard défiant les éclairs bleus du sien. Elle pensa une seconde qu'il allait la frapper et elle accueillit presque avec plaisir cette pensée, mais elle s'était trompée. Il pivota sur ses talons et se dirigea vers la porte. Il s'arrêta devant la chaise qui l'avait tout d'abord empêché d'entrer, s'en saisit et se retourna vers sa femme.

— Vous n'en aurez pas besoin cette nuit.

Sa voix était railleuse, un mélange de colère et de sarcasme. Il lança la chaise à travers la chambre avec la même aisance que si c'eût été une brosse à dents et claqua la porte en sortant.

L'énorme craquement du bois contre le mur résonna dans le silence de la pièce comme une explosion. Alisa se boucha les oreilles. Un frisson la parcourut toute lorsqu'elle se rendit compte des dégâts. Puis, chancelant jusqu'à son lit, elle s'y laissa tomber, sans énergie, son corps et son esprit anéantis. Dans un état de transe elle entendit Robin quitter la maison. Elle n'eut même pas à réfléchir sur sa destination : il allait retrouver Renée. Un éclair de jalousie la traversa à la pensée qu'il aurait pu être là, près d'elle.

L'aurore était proche lorsqu'elle put enfin s'endormir, emportée dans un monde de cauchemar, où Robin ne cessait de lui échapper.

9

Alisa était à sa fenêtre et regardait au-dehors. Le soleil de midi brillait d'un vif éclat sur les rouges et les ors des feuilles d'automne. Ses rayons dansaient dans l'air qui pénétrait dans la chambre, accentuant l'éclat de la pierre sur sa main gauche, la faisant paraître aussi rouge que le sang qui certainement s'écoulait de son cœur blessé. La lumière de ce jour nouveau n'avait apporté aucun aspect positif à sa situation. Après s'être éveillée vers dix heures, étant assurée que Robin n'était pas dans la maison, Alisa était descendue, avait avalé son café avec indifférence, et avait essayé de trouver un dénouement logique aux derniers événements. Mais son cœur ne répondait pas à la logique. Il semblait qu'il n'y eût qu'une solution.

Avec un profond soupir, elle quitta la fenêtre et se dirigea vers le placard. Elle en sortit ses valises. Elle ne voyait plus aucune possibilité d'habiter la maison de Robin. Il serait facile d'entamer une procédure d'annulation de mariage, et c'est ce qu'elle ferait sitôt partie. Avec des gestes lents et maladroits, elle ouvrit les valises sur le lit et commença à y transférer ses vêtements. Elle entendit le bruit d'une voiture qui s'arrêtait, des portières que l'on ouvrait et refermait, puis celui de la porte d'entrée. Dans son état léthargique, son esprit enregistra à peine ce qu'il percevait, sinon que ce n'était pas les pas de Robin sur les marches de l'escalier.

Lorsque Christine pénétra en coup de vent dans la pièce, Alisa se souvint que c'était un jour de congé scolaire.

— Bonjour! Je me suis bien amusée. La soirée était bien? Mais... Où vas-tu?

— Nous partons pour un petit voyage, répondit Alisa calmement. Qu'avez-vous fait hier soir, Mary-Ann et toi?

— Pas grand-chose, répliqua Christine d'un air absent.

Sa formidable aventure perdait de ses couleurs devant cette nouvelle situation.

— Où allons-nous?

— Oh! Nous irons certainement voir mon cousin Michael.

Alisa s'efforçait de sourire avec confiance, comme si véritablement le voyage promettait d'être très agréable.

Les yeux bruns la scrutèrent, trop intenses pour qu'elle pût soutenir leur regard. La petite main caressait distraitement le pied du lit. Christine vit soudain la chaise brisée dans un coin, puis le mur où il manquait du plâtre.

— Qu'est-il arrivé à la chaise? Et au mur?

Alisa hésita nerveusement, chiffonnant le chemisier qu'elle tenait à la main. Puis elle répondit d'un air naturel :

— Elle est cassée.

— Qui l'a cassée? Toi?

— Non, pas moi.

— Alors qui? Robin?

— Oui.

Et Alisa referma le tiroir de la commode plus brusquement qu'elle n'en avait eu l'intention.

— Ce voyage... Quand il sera terminé, nous reviendrons ici?

Alisa tenta désespérément de soutenir l'expression troublée du regard de sa sœur.

— Vraiment, Chris, dit-elle en riant, tu poses trop de questions!

— Nous ne reviendrons pas, n'est-ce pas? Nous ne reviendrons jamais!

Le petit visage était tout crispé.

— Chris, ma chérie, c'est si difficile à expliquer...

Une fois encore la gorge d'Alisa se nouait, mais l'enfant n'attendit pas ses explications et courut hors de la chambre en sanglotant.

Tout d'abord Alisa pensa la suivre, puis elle décida qu'il était préférable pour Christine d'être seule, et de pouvoir soulager sa douleur comme elle-même n'avait pas pu le faire. Elle revint à ses valises, essayant d'oublier le regard accusateur de sa jeune sœur. Elle fut interrompue par des cris qui montaient du hall. Laissant tomber les vêtements qu'elle tenait, elle courut à l'escalier. En bas Christine battait Robin, ses petits poings le frappant à coups redoublés, sans grand effet.

— Je te hais! Je te hais! sanglotait-elle. Tu as cassé la chaise de Lisa! Je te déteste!

— Christine, arrête immédiatement! ordonna Alisa, se précipitant dans l'escalier.

— Qu'avez-vous raconté à cette enfant?

Le regard de Robin était réprobateur, maintenant que l'attaque de Christine s'était calmée.

— Tu as cassé sa chaise, maintenant il faut que nous partions. Et nous ne reviendrons jamais!

Son petit visage déformé par la douleur se tourna vers Alisa.

— Je le sais. Nous ne reviendrons jamais!

— Vous ne partirez pas, Chris, l'apaisa Robin, en soutenant le regard d'Alisa. Peu m'importe ce que dit ta sœur, vous ne partirez pas. Maintenant va dehors, pour que je puisse lui parler.

Christine regarda sa sœur en hésitant, et celle-ci lui fit signe d'obéir. Elle n'avait pas eu l'intention d'affronter Robin quant à sa décision. Elle avait espéré lui laisser simplement un mot... c'eût été lâche, elle s'en rendait compte, mais facile. Elle tenta de le regarder d'un air détaché. Bien qu'il lui en coûtât, elle y parvint.

— Allons dans mon bureau.

De toute évidence, il faisait un grand effort pour se contrôler, mais la colère brillait dans ses yeux.

— Nous n'avons rien à nous dire.

— Vous avez le choix, Alisa. Nous pouvons rester ici dans le hall pour discuter votre « rien » ou nous pouvons aller dans mon bureau et le faire en privé. Décidez-vous.

Son ultimatum était clair; elle accepta avec raideur. Il prit son bras comme pour s'assurer qu'elle le suivrait bien. Quand ils furent dans la pièce derrière les portes fermées, il s'éloigna de quelques pas. Il alluma une cigarette, lui en offrit une, et, lorsqu'elle refusa, il éteignit la sienne. Le silence se prolongeait désagréablement. Finalement il parla.

— Pourquoi partez-vous?

— Cette question est stupide.

— Non. Je veux savoir pourquoi.

— Parce que je ne resterai pas une minute de plus dans cette maison... avec vous!

— Je ne vous laisserai pas partir.

— Si c'est l'argent qui vous tracasse, soyez rassuré. Il était à vous dès le jour de notre mariage. C'était votre condition, rappelez-vous!

— Je pensais bien que vous aborderiez cette question.

Robin se dirigea vers son bureau, ouvrit un tiroir, en retira un petit carnet et le poussa vers Alisa.

— Voici votre argent, la somme est complète : deux cent mille dollars. Je n'y ai jamais touché. Je n'en ai jamais eu besoin. Je ne suis pas riche, mais je me suffis à moi-même.

Alisa vérifia les chiffres sur les pages du carnet dans un silence confondu, puis le reposa sur le bureau.

— Je ne comprends pas. De toute façon cela ne change rien : je pars.

— La nuit dernière, j'ai dit à Renée que je ne voulais plus la voir. Je n'y tenais plus depuis déjà longtemps...

Il fit un pas vers elle.

— C'est léger de votre part, de brûler ainsi les ponts derrière vous, répliqua Alisa.

Elle se tourna pour s'en aller, car cette conversation était plus qu'elle ne pouvait supporter.

Mais Robin la saisit par les épaules et lui fit faire volte-face. Alisa ne put retenir un frisson de crainte à la vue de la rage qui déformait son visage. Il la secoua douloureusement.

— Avez-vous oublié la raison pour laquelle vous m'avez épousé? Vous vouliez avoir la garde de Chris. Vous me l'avez appris, le testament de votre mère stipulait que vous deviez habiter avec votre mari pendant un an. Il manque encore un peu plus de huit mois.

— Vous ne feriez pas cela! Je sais que vous l'aimez un peu. Ce qui se passe entre nous ne doit pas affecter Chris! Vous ne le diriez pas à Marguerite?

— Non? Vous croyez?

Il la lâcha, alla au bureau et se saisit du téléphone, forma un numéro.

— S'il vous plaît, voulez-vous me passer un certain Roy Denton à Oakland, Californie... Non, je ne connais pas le numéro.

Alisa le regardait sans y croire. Ses yeux noirs qui la raillaient secouèrent son inertie. Il sourit d'un air malicieux lorsqu'elle lui arracha le récepteur et raccrocha.

— Comment pouvez-vous être si cruel? Comment pouvez-vous faire cela? sanglota-t-elle.

— Je ne vous laisserai pas partir, Alisa.

Elle ne pouvait plus douter qu'il dît vrai. Son expression dure, inflexible l'affirmait avec force.

— Pourquoi? Pourquoi? murmurait-elle.

Robin tendit les bras, saisit ses épaules et les serra si fort qu'elle ne put retenir un petit gémissement de douleur. Il la serra tout contre lui et nicha lui-même la tête d'Alisa sur sa poitrine.

— Parce que je suis un idiot, gronda-t-il, lui caressant brusquement les cheveux. Parce que j'ai besoin de toi. Parce que la nuit dernière j'ai vu fondre toute ta réserve; tu es devenue une vraie femme, ma femme, mon Alisa. Je te ferai mienne de nouveau.

— Je vous en prie! Ne m'humiliez pas encore. Ne vous suffit-il pas de m'avoir fait vous aimer? Devez-vous aussi me prendre ma fierté, mon amour-propre?

— Ainsi, tu m'aimes.

Il saisit entre ses mains le beau visage d'Alisa. Ses yeux, brillant de désir et de passion, en suivaient chaque courbe, chaque trait.

— Je ne veux pas prendre ta fierté, ma chérie, murmura-t-il. Ma femme, ma beauté, tu croyais que je désirais seulement te posséder, la nuit dernière. C'est vrai, en un sens. Mais parce que je t'aime! J'ai envie de toi parce que je t'aime!

Il se pencha pour baiser ses lèvres, mais Alisa fit un pas en arrière; elle ne voulait pas le croire.

— Je vous en prie, Robin, ne vous jouez pas de moi.

Elle recula de nouveau, car il se rapprochait. Cependant il lui était de plus en plus difficile de résister à la flamme des yeux de Robin. Elle leva une main pour le maintenir à distance.

— Pourquoi m'avez-vous épousée?

— Tout d'abord je n'en avais pas l'intention. Ce soir-là au casino j'ai joué ton jeu pour voir jusqu'où tu irais, pour voir ce dont tu serais capable pour reprendre ta sœur. Tu te rappelles sans doute que je savais combien tu t'étais montrée cruelle envers Paul. Mais le lendemain matin, quand je suis allé te dire ce que je pensais de toi, je t'ai trouvée toute douce et chiffonnée de sommeil; tu avais l'air si vulnérable, si seule... j'ai su alors que je t'épouserais. Je me suis promis de réussir à me faire aimer de toi pour que tu te rendes compte de ce que Paul avait souffert; sans penser que je succomberais moi-même... En fait j'ai dû tomber amoureux de toi ce matin-là.

Cette fois elle ne résista plus lorsqu'il la prit dans ses bras. Elle lui murmura sans fin combien elle l'aimait; mais ses paroles étaient constamment étouffées par ses baisers. Un léger bruit sur le seuil intrigua Robin qui releva la tête.

— Nous partons? demanda timidement Christine.

— Non, répondit Alisa doucement, regardant Robin avec adoration.

— Peut-être pour quelques jours; une sorte de voyage de noces retardé. Viens, Sauterelle.

D'un bras il enleva l'enfant pour la hisser à leur hauteur, et tous trois furent ainsi enfermés dans la même étreinte.

— Nous sommes une famille maintenant! dit-il.

SERVICE LECTRICES

S'il vous manque un titre de la Collection Harlequin, et si votre libraire ne l'a plus en rayon, n'hésitez pas à nous écrire.

Nous serons heureux de vous envoyer le ou les livres qui vous font défaut.

Éditions HARLEQUIN
48, avenue Victor Hugo
75116 PARIS

Étude du SCORPION

par Madame HARLEQUIN

(23 octobre 21 novembre)

Signe d'Eau
Maître planétaire : Mars
Pierres : Malachite, Grenat
Couleurs : Rouge vif, Marron
Métal : Fer

Traits dominants :

Volontaire, acharné, autoritaire
Sens de l'observation, solide réalisme
Travailleur infatigable, ambitieux.

SCORPION

(23 octobre-21 novembre)

Alisa manque de mesure : d'un côté son amour pour Christine, de l'autre son dédain envers Robin, deux sentiments qui la dominent entièrement, et qu'elle ne peut maîtriser. Les natifs du Scorpion sont tenaces et supportent mal les contraintes; aussi la jeune femme accepte-t-elle difficilement l'amour qu'elle sent naître peu à peu en elle : en effet, cette passion nouvelle détruit l'image d'elle-même qu'elle s'est forgée au cours des années.

Mais le bonheur vaincra, malgré les obstacles qui surgissent sur la route de nos héros.

JANET DAILEY

Janet Dailey est Américaine et jouit maintenant d'une réputation internationale.

Janet et son mari Bill, voyagent à travers les États-Unis. Ils ont visité jusqu'à présent la plupart des états du Sud et de l'Ouest. Bill étudie les us et coutumes de chacun d'eux afin de fournir à Janet les bases nécessaires à ses futurs romans. Elle souhaite en effet écrire un livre par état.

Écoutons Janet Dailey se définir elle-même :

« Quelle sorte de personnage suis-je? J'aime les gens. Je pense que les inconnus sont des amis que je n'ai pas encore rencontrés. J'adore faire la connaissance de nouvelles personnes et découvrir ce qu'elles sont.

Je suis une éternelle optimiste et trouve toujours en tout quelque chose de bon. Je pense que deux choses sont importantes dans la vie : l'amour et le rire. »

Du même auteur,
dans la même collection

15. La fiancée de paille.
25. La canne d'ivoire.
31. La course au bonheur.
37. Fiesta San Antonio.
52. Pour le malheur et pour le pire.
63. Les survivants du Nevada.
68. Le val aux sources.
70. La valse de l'espoir.
78. La belle et le vaurien.

Achevé d'imprimer en juillet 1979
sur les presses de l'Imprimerie Bussière
à Saint-Amand (Cher)

— N° d'imprimeur : 536. —
— N° d'éditeur : 84. —
Dépôt légal : 3e trimestre 1979
Imprimé en France